FANTASTIC ORIENTAL HEROES
임영기 新무협 판타지 소설

등룡기 7

임영기 新무협 판타지 소설

초판 1쇄 찍은 날 § 2014년 8월 12일
초판 1쇄 펴낸 날 § 2014년 8월 19일

지은이 § 임영기
펴낸이 § 서경석

편집부장 § 권태완
편집책임 § 박가연

펴낸곳 § 도서출판 청어람
등록번호 § 제387-1999-000006호
등록일자 § 1999. 5. 31
어람번호 § 제2-2525호

주소 § 경기도 부천시 원미구 부일로 483번길 40 서경B/D 3F (우) 420-822
전화 § 032-656-4452 팩스 § 032-656-4453
http://www.chungeoram.com
E-mail § chungeorambook@daum.net

© 임영기, 2014

ISBN 979-11-361-9153-3 04810
ISBN 979-11-5681-982-0 (세트)

騰龍記

등룡기

임영기 新무협 판타지 소설

FANTASTIC ORIENTAL HEROES

7

부활 (復活)

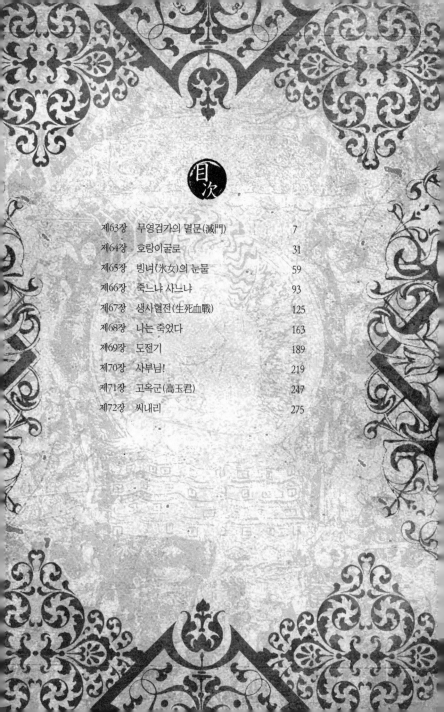

目次

第六十三章

무영검가의 멸문(滅門)

도무탄은 연지루에 두고 온 독고지연과 독고은한이 무척
보고 싶었다.

　그 혼자였다면 벌써 북경성에 도착하여 그녀들과 오붓한
시간을 보내고 있겠지만 독고용강과 독고기상 때문에 갈 길
이 더뎠다.

　그렇다고 해서 조바심을 내지 않고 처남들과의 여행을 즐
기면서 북상하고 있었다.

　하북성 방, 문파들의 규합도 원만하게 잘된 터라서 마음이
어느 때보다 홀가분했다.

또한 남자들끼리의 여행이라는 것도 따지고 보면 멋진 추억이 될 수 있다고 생각했다.

밤이 이슥하여 도무탄 일행은 고안현(固安縣)에 이르렀다. 북경성까지는 육십여 리가 남은 지점이며 오늘 밤은 이곳에서 보내기로 했다.

도무탄 등이 묵게 된 곳은 이 층이 객잔이고 아래층에 주루를 겸하고 있어서 세 사람은 늦은 저녁 식사를 겸해서 술을 곁들였다.

"중추절에는 볼만하겠어."

독고기상이 술잔을 기울이며 흐뭇한 얼굴로 말했다. 도무탄과 독고용강, 독고기상이 규합한 하북성 방, 문파의 수장들이 이번 중추절에 무영검가에 전부 모여서 동무림의 맹을 발족하기로 했다.

이들이 끌어들인 방, 문파의 수가 무려 칠십여 개에 이르고, 모두 그 지역의 우두머리급이라서 수장만 전부 모인다고 해도 족히 오륙백 명에 달할 것이다.

독고기상은 기분이 몹시 좋은 듯 독고용강과 도무탄의 잔에 술을 따르면서 자축했다.

"형님과 무탄이 애 많이 썼습니다. 저도 좀 거들었고요. 자, 한잔하시죠."

모두들 잔을 부딪치고 술을 마시는데 독고용강은 입으로만 벙긋 웃고 말았다.

그는 진검문에서 실수로 삼십여 명을 죽게 한 이후 사람이 크게 변했다.

원래 그는 매사에 나서는 성격이 아니었다. 하지만 자신의 의견은 적극적으로 피력하고 또 그것이 실행되도록 애쓰는 편이었다.

그러나 진검문 사건 이후 그는 무슨 일이든 일체 나서지 않고 도무탄과 독고기상이 상의하여 결정한 일을 묵묵히 따르기만 했다.

진검문 때의 실수를 자숙하려는 것인데 자숙의 단계를 넘어서 사람의 성격을 완전히 바꿔놓았다.

"큰형님."

도무탄이 조용한 목소리로 부르자 독고용강은 술잔을 내려놓으며 그를 쳐다보기만 했다.

예전 같으면 활기찬 모습으로 술자리를 이끌었을 텐데 지금은 마치 초상집 개처럼 초라한 모습이다.

"진검문 때 큰형님께선 분명히 실수를 하셨습니다."

도무탄이 노골적으로 까놓고 말하자 독고용강은 흠칫 몸을 떨었고 독고기상도 깜짝 놀랐다.

그 일은 아직 아물지 않은 상처 같은 것이어서 그날 이후 아무도 그 일에 대해서는 거론하지 않았었다. 그것이 독고용강을 배려하는 것이라 여긴 것이다.

그렇지만 도무탄은 그 일을 잊지 않았고 묻어두려고 하지도 않았다.

만약 독고용강이 훌훌 털고 일어나서 예전의 모습을 되찾되 진검문의 실수를 뼈저린 교훈으로 삼아서 진일보(進一步)했다면, 그것이야말로 도무탄이 원하는 결과였을 것이다.

그렇지만 독고용강은 그날 이후 줄곧 실의에 빠져서 자책을 하고 있기에 도무탄으로서는 더 이상 보고 있을 수만은 없게 되었다.

도무탄의 말에 독고용강은 일그러진 얼굴로, 독고기상은 뜨거운 물을 뒤집어쓴 표정으로 침묵을 지켰다.

도무탄은 이왕 꺼낸 말을 어영부영 흘려서 넘길 사람이 아니다. 그는 말고삐를 더욱 바싹 조였다.

"그때 그 일로 진검문 문하제자가 정확하게 서른두 명이 죽었습니다."

"으음!"

"무탄."

독고용강은 얼굴이 더욱 일그러져서 신음을 토해냈고, 독고기상은 급기야 손을 뻗으며 도무탄에게 그만하라는 손짓을 해보였다.

하지만 도무탄이 지금 얘기를 그만두면 독고용강의 상처를 후벼파려고 얘기를 꺼낸 것이 돼버린다.

"한 번 죽은 사람들은 무슨 일이 있어도 다시 살아서 돌아오지 않습니다."

독고용강은 어금니를 악물었고 부리부리한 눈에는 눈물이 그렁그렁 고였다.

그것은 그가 용맹할지언정 심성이 몹시 여리다는 것을 증명하는 것이다.

"하나의 큰 실수를 저질렀을 때 그 충격 때문에 나 몰라라 하고 나자빠지는 사람이 있는가 하면, 어떤 사람은 온힘을 기울여서 그 일을 수습합니다."

독고용강은 굵은 눈물을 흘리면서도 일말의 흐릿한 눈빛으로 도무탄을 바라보았다.

"전자가 되든지 후자가 되든지 그것은 큰형님의 선택에 달렸습니다."

도무탄은 독고용강의 얼굴빛이 흐려지는 것을 봤지만 무시했다.

"또한 그 충격으로 주저앉아 폐인이 되는 사람이 있는가 하면 그 일을 교훈삼아 더 훌륭한 재목이 되는 사람도 있습니다. 큰형님은 과연 어떤 사람입니까?"

"나는……."

"큰형님께서 만약 둘 다 전자라면 이제부터 집에 틀어박혀서 나오지 마십시오. 무슨 일을 해도 큰형님은 다른 사람들의 방해만 될 겁니다."

"음……."

"그러나 둘 다 후자라면 이제라도 과감히 털고 일어나서 사태를 수습하고 비싼 대가를 치른 만큼 예전보다 더욱 성숙해진 모습을 보여주십시오."

도무탄의 예리한 칼로 썩은 환부를 도려내는 것 같은 말에 독고용강은 조금 힘을 얻었다.

"내가 과연 할 수 있을까?"

"실수로 삼십이 명을 죽였지만 이제부터는 최선을 다하여 삼백이십 명, 아니, 삼천이백 명을 살리십시오. 그렇게 하시면 죽은 진검문 문하제자들도 지하에서 큰형님을 용서할 겁니다."

"무탄……."

독고용강은 비로소 도무탄의 깊은 뜻을 깨닫고 이번에는 감격의 눈물을 흘렸다.

"죽은 진검문 문하제자 삼십이 명의 유가족에게는 소제가 은자 만 냥씩 보냈으며, 진검문이 평곡현에서 사업을 하게 되면 그 일에 유가족들을 제일 먼저 고용하도록 추 문주에게 말해두었습니다."

"자네……."

독고용강과 독고기상은 똑같이 울컥! 하고 가슴에서 뭔가 솟구치는 듯한 표정을 지었다.

"그 돈이 죽은 가장을 대신할 수는 없겠지만 최소한 남아 있는 가족이 굶지는 않게 될 것입니다."

도무탄이 진검문의 죽은 문하제자 삼십이 명의 유가족을 챙겼다는 사실은 독고용강은 물론이고 독고기상조차 전혀 짐작도 하지 못한 일이다.

도무탄이 유가족을 챙겼다는 것은 독고용강의 일을 잊지 않고 줄곧 가슴에 품고 있었으며, 또한 그가 홀홀 털고 일어나기를 기다렸다는 뜻이다.

그런데 그가 홀로서기를 하지 못하자 도무탄이 끝내 그 얘기를 먼저 꺼낸 것이다.

그가 잘난 사내라는 사실은 진작부터 알고 있었으나 그것은 서과피지(西瓜皮舐), 수박 겉핥기에 불과했다.

그의 깊은 속마음과 배려심, 훌륭한 인품을 이제야 새삼스럽게 깨닫게 된 독고용강은 감격하여 남아의 굵은 눈물을 감추지 못했다.

도무탄이 비록 자신들보다 나이는 어리지만 대형으로 모셔도 부족함이 없다는 사실을 독고용강은 물론 독고기상마저도 온 마음으로 인정했다.

덥석!

독고용강은 두 손을 내밀어 도무탄의 두 손을 거머잡고 진심어린 표정으로 말했다.

"고맙네, 무탄. 앞으로 나는 무조건 자네 곁에서 견마지로(犬馬之勞)하겠네."

독고용강은 자신을 개나 말로 낮춰서까지 도무탄을 보필하겠다고 맹세했다.

나이 차이가 많은 손위 큰처남, 더구나 장남으로서는 하기 어려운 말이다.

그때 한 무리의 무사가 주렴을 걷으면서 우르르 주루 안으로 들어왔다.

차륵…….

도무탄 등은 대화가 잠시 끊어졌는데 그들이 들어오면서 주루 안이 어수선해졌다.

이곳 고안현에 거주하는 무사들인 듯 주루 주인이 얼굴을 내비치고 점소이하고도 아는 체를 하면서 하필 도무탄 등의 옆자리를 잡았다.

도무탄 등은 중요한 대화는 다 나누었기에 그저 담소나 하면서 술을 마시자고 서로에게 눈짓을 보냈다.

무사들은 뭔가에 잔뜩 흥분해 있었는데, 주문한 요리와 술이 나오기도 전에 큰 소리로 떠들어댔다.

"젠장! 하북제일문파인 무영검가가 하루 사이에 멸문하다니 그게 있을 수 있는 일이야?"

"등룡신권을 쫓는 무림추살대가 그랬다는데 그 소문이 맞는 건가?"

도무탄 등은 대경실색하여 동작을 뚝 멈추고 급히 무사들을 쳐다보았다.

"무영검가가 멸문하다니 그게 무슨 말이오?"

독고용강과 독고기상이 동시에 물었다.

무사들은 도무탄 등을 쳐다보며 손짓발짓 섞어가면서 자랑이라도 하듯이 떠들었다.

"등룡신권을 잡으려고 북경성에 모여든 무림추살대와 뇌전팽가가 합세하여 무영검가를 쑥밭으로 만들었다는데 그 소문을 아직도 못 들었다는 말이오?"

"무영검가는 간신히 백여 명 정도만 살아남아서 도주했으며 추살대와 뇌전팽가는 무영검가 잔당을 제거하려고 북경성을 이 잡듯이 뒤지고 있다는 거요."

"그 싸움에서 북경성 대다수의 방, 문파가 뇌전팽가 편을 들었다고 하오."

도무탄 등은 대경실색하여 할 말을 잃고 말았다. 이들 무사들이 도무탄 등을 노리고 일부러 주루까지 들어와서 거짓말을 늘어놓을 리가 없다.

도무탄 등은 주루에서 나와 그 길로 곧장 고안현에 있는 개방분타를 찾아갔다.

일전에 개방 방주 신풍협개는 도무탄으로 인하여 큰 깨달음을 얻어서 소림사하고의 관계를 깨끗이 청산하고 그때부터 도무탄과 무영검가와 손을 잡고 무림정화(武林淨化)를 위해서 힘쓰겠다고 약속했었다.

개방 고안분타 분타주는 등룡신권의 갑작스런 방문에 크게 놀라서 허둥거렸으나 곧 진정하고 북경성에서 벌어진 사태에 대해서 설명해 주었다.

그의 설명은 주루에서 무사들에게 들은 내용과 별반 다를 게 없었으나 좀 더 구체적으로 설명을 해주었다.

무영검가가 소생이 불가능할 정도로 일패도지(一敗塗地)당했으며, 가주 독고우현을 비롯한 일족(一族)으로 구성된 생존자들은 겨우 도주를 했는데 어디로 갔는지 종적이 묘연하다는 것이다.

두 가지 소식이 더 있는데, 하나는 뇌전팽가가 북경성의 방, 문파 전체를 완벽하게 장악했다는 것이고, 다른 하나는 추살대를 이끄는 사람이 소림승려로서 태선승 무아선사와 무무선사의 공동전인이라는 사실이다.

도무탄과 독고용강, 독고기상은 너무 큰 충격을 받아서 한

동안 머리가 어지러웠다.

일전에 도무탄이 추살대 강원소대를 영정하 강상에서 전멸시켰기 때문에 추살대가 언젠가는 북경성에 집결하여 일을 벌일 것이라는 예상은 하고 있었다.

그럴 경우에 도무탄은 자신이 북경성을 잠시 떠나 있는 것이 좋겠다는 생각을 했었다.

추살대의 목적은 그를 잡는 것이므로 그가 북경성에 없으면 추살대가 북경성을 이 잡듯이 뒤지기는 하겠지만 아무도 해를 입지는 않을 것이라고 예상했었다.

그런데 추살대가 북경성에 집결했을 때 도무탄은 북경성에서 수백 리 떨어진 곳에 있었다.

그런데도 추살대는 뇌전팽가와 함께 무영검가를 급습하여 멸문시켜 버렸다.

추살대가 도무탄이 아닌 한 지역의 패자인 명문대파를 멸문시킨 일에 대해서 대체 어떻게 해석해야 할지 한동안 머리가 돌아가지 않았다.

그러나 역시 시간이 해답이다. 고안분타주를 앞에 두고 말을 잃은 채 무덤 속 같은 침묵을 지키고 있던 세 사람의 머릿속 혼돈이 시간이 지나면서 차츰 가라앉았다.

그리고는 도무탄이 제일 먼저 정신을 수습했으며 어느 순간 추살대가 어째서 무영검가를 멸문시켰는지 그 이유가 번쩍 떠올랐다.

"소림사는 동무림을 장악하려는 것입니다."

그의 말에 독고용강과 독고기상, 고안분타주는 크게 놀라더니 이윽고 무겁게 고개를 끄떡이며 수긍했다.

벌떡!

"북경성으로 가야겠습니다."

도무탄이 일어서자 독고용강과 독고기상, 고안분타주가 우르르 따라 일어섰다.

"방주께서 말씀하시길 등룡신권께선 북경성으로 들어오면 안 된다고 하셨습니다."

고안분타주의 말에 독고기상이 미간을 좁히며 물었다.

"방주가 당신에게 직접 그렇게 말했다는 말이오?"

"아니오. 하북성 소재의 분타주 전체에게 그렇게 지시하셨소. 등룡신권께서 하북성에 계시니까 언젠가는 접촉해 오실 것이라고 믿으신 게요."

고안분타주는 등룡신권을 몹시 존경하는 것 같았다. 독고 형제와 도무탄을 대할 때가 확연하게 달랐다.

"방주가 그 말뿐이었소?"

도무탄이 묻자 고안분타주는 두 손을 앞에 모으고 정중하게 대답했다.

"등룡신권을 만나면 무조건 문두구(門頭溝)로 오시게 하라는 명령이었소."

"문두구? 묘봉산(妙峰山) 아래의 그 문두구 마을 말이오?"

"그렇소."

독고기상이 의아한 얼굴로 계속해서 물었다.

"왜 그곳으로 오라는 것이오?"

"그것까진 모르겠소."

문두구는 북경성에서 서쪽으로 삼십여 리 떨어진 작은 마을이며, 묘봉산이 시작되는 기슭에 위치해 있어서 경치가 아름답기로 유명한 곳이다.

도무탄 등은 고안현을 출발하여 밤새 달려서 동틀녘에 문두구에 당도했다.

문두구의 민가는 오백여 호쯤 되는데 그중에 삼백여 호가 주루나 기루 등 점포였다.

아름다운 경치를 보러 유람객들이 몰려들기 때문에 마을 사람 거의 대부분이 장사에 매달려 있는 실정이다.

아무리 명승지라고 해도 묘시(卯時:새벽 6시경)도 되기 전의 거리는 고요했으며 부지런한 몇몇 사람만이 빠른 걸음으로 오가고 있을 뿐이다.

[여기부터는 천천히 갑시다.]

도무탄은 거리로 들어서면서 경공술을 멈추고 빠른 걸음

으로 걷기 시작했다.

"허억… 헉헉……."

다섯 시진 이상 동안 단 한 번도 쉬지 않고 달려온 탓에 독고용강과 독고기상은 숨이 턱에 차서 비틀비틀 걸으며 헐떡였으나 도무탄은 멀쩡했다.

도무탄은 독고 형제의 수준에 맞추느라 천천히 달렸으므로 조금도 지치지 않았다.

도무탄은 걸으면서 거리 주변을 빠르게 살펴보았다. 고안분타주는 도무탄더러 무조건 문두구에 가기만 하면 된다고 말했었다.

그 말인즉, 도무탄이 이곳에 오면 개방 제자가 대기하고 있을 것이라는 뜻이다.

도무탄이 거리 가장자리 골목 입구에 서 있는 한 명의 거지를 발견한 것과 그 거지가 도무탄에게 빠른 걸음으로 다가온 것은 동시였다.

"도 대협, 이 큰 거리를 곧장 가시면 그 끝에 묘봉산에 오르는 산길이 나오는데 그리 오르시면 절 위쪽에 장원이 한 채 있습니다. 그곳으로 가십시오."

거지, 즉 개방 제자는 도무탄이 등룡신권이냐고 묻지도, 장원이 있는 방향을 손으로 가리키지도 않고 빠르게 말하더니 길 건너 골목으로 사라졌다. 개방 제자들은 등룡신권의 모습을 이미 숙지하고 있는 것이 분명했다.

그리 험하지 않은 산길로 삼 리 정도 오르자 야트막한 언덕
에서 흘러내리는 계류 옆에 오래되고 고색창연한 고찰(古刹)
이 나타났다.

문두구에는 여러 명승지가 있지만 그중에서 가장 유명한
것이 이곳 담자사(潭柘寺)다.

'먼저 담자사가 있었고 그 후에 북경성이 생겼다' 라는 말
이 있을 정도로 오래된 절이다.

담자사를 지나 이 리쯤 더 오르니까 비로소 한 채의 장원이
나타났다. 문두구 거리 입구에서 다가온 개방 제자는 절 위쪽
에 있는 장원으로 가라고 했었다.

[잠시 주위를 살펴봅시다.]

도무탄은 장원으로 곧장 가지 않고 만에 하나 있을지도 모
르는 미행이나 매복을 확인하기 위해서 그를 비롯한 세 사람
이 세 방향에서 장원 주변을 샅샅이 살폈다.

반각 후에 세 사람은 장원의 전문 앞에 다시 모여서 자신들
이 둘러본 곳에는 수상한 점이 없었다는 뜻으로 고개를 끄떡
여 보였다.

쿵쿵쿵…….

독고기상이 전문을 묵직하게 두드리고 나서 세 호흡밖에

지나지 않았는데 전문이 열렸다.

끼이…….

전문을 연 사람은 전문 밖에 서 있는 세 사람을 발견하고는 비명 같은 짧은 외침을 터뜨렸다.

"형님들!"

그는 독고가의 가족으로 독고용강과 독고기강의 어린 사촌동생이었다.

"크흐흑! 마침내 오셨군요!"

그는 울음을 터뜨리며 독고 형제의 품으로 뛰어들었다.

"명(明)아, 고생이 많았구나."

"형님들… 백부님께서 위독합니다… 흐흐흑!"

사촌동생 독고보명(獨孤普明)은 서럽게 울어댔다.

만약 도무탄과 독고 형제가 반 시진만 늦게 당도했더라도 독고우현의 싸늘한 시신을 보게 되었을 것이다.

도무탄이 한시도 쉬지 않고 달리자고 독려한 덕분에 독고 형제는 살아 있는 부친을 볼 수 있었다. 그에 대해서 독고 형제는 진심으로 감사하게 생각했다.

도무탄과 독고 형제가 방으로 달려 들어갔을 때에는 독고 우현이 마지막 가쁜 숨을 힘겹게 몰아쉬고 있었다. 죽음의 그림자가 그에게 짙게 드리웠으며 지켜보는 사람들은 깊은 슬픔에 빠져 있었다.

"학학학… 학학……."

침상에 누워 있는 독고우현은 난로 위에서 격렬하게 끓는 주전자처럼 뜨겁고도 가쁜 숨을 토해내면서 죽음의 고갯마루를 힘겹게 오르고 있었다.

침상 주위에는 부인 난하영과 큰 며느리인 독고용강의 부인 능가려, 이가 빠진 옥수수처럼 머릿수가 맞지 않는 무영칠숙과 무영삼보, 그리고 몇몇 측근이 모여 있으며 모두들 안타까운 눈물을 흘리면서 독고우현의 이승에서의 마지막 모습을 지켜보았다.

척!

"아버님!"

도무탄과 독고 형제가 문을 부술 듯이 안으로 들어서며 부르짖자 모두들 돌아보다가 반가움과 안타까움의 자지러지는 비명을 터뜨렸다.

"어딜 어떻게 당하셨습니까?"

어수선한 상황에서 도무탄이 급히 침상으로 다가가자 모두들 길을 터주었다.

부인 난하영이 서둘러 이불을 걷고 독고우현의 벌거벗은 상체의 가슴을 보여주며 오열했다.

"으흐흐흑! 여… 여기에 장력을 맞으셨어… 소림사의 영능이라는 자가 이 지경으로 만들었다네. 너무 지독하게 당하셔서 아무도 손을 쓰지 못하고 있네."

그녀가 지독한 슬픔에 몸을 가누지 못하고 쓰러지려는 것을 도무탄이 부축하여 부드럽게 안아주고는 독고기상에게 인계해 주었다.

지금은 장모를 달래는 것보다 독고우현의 상처를 치료하는 것이 급선무다.

"큰형님, 이곳에 저와 아버님만 남도록 해주십시오."

도무탄의 부탁에 독고용강과 독고기상은 급히 모두를 방에서 내쫓았다.

독고 형제는 도무탄이 죽어가는 사람을 살려내는 능력이 있다는 사실을 알고 있으므로 그에게 마지막 한 가닥 희망을 걸었다.

독고우현의 가슴 한복판에는 밥그릇 크기의 둥글고 검은 자국이 또렷하게 새겨져 있었다.

한복판은 숯처럼 새카맣고 바깥으로 갈수록 점점 옅어졌으며, 실제 숯 같은 부위를 손으로 만지면 불에 타버린 살이 가루가 되어 부스러졌다.

'가공할 수준의 강기로군.'

확인하지는 않았지만 이 정도면 독고우현의 등 한복판에

도 똑같은 현상이 벌어져 있을 것이다.

독고우현의 가슴과 등이 원형의 한복판, 즉 최소한 각전(角錢) 두 개 정도의 크기로 숯덩이처럼 타버려서 관통됐다는 뜻이다.

이런 지독한 상태인데도 그가 죽지 않은 데에는 그럴 만한 이유가 있다.

우선 관통된 부위의 장기, 즉 위와 허파가 부분적으로만 타버렸기 때문에 나머지 부위가 근근이 제 기능을 유지하고 있는 덕분이다.

만약 심장이 조금이라도 다쳤다면 아직까지 살아 있을 수 없었을 것이다.

그렇다고는 해도 사람이 가슴 한가운데를 관통당하고는 죽을 수밖에 없다. 다만 언제 죽느냐는 문제만 남아 있다.

그나마 독고우현의 공력이 심후하기에 지금까지 버틸 수 있었던 것이다.

도무탄으로서도 이렇게 지독한 상처는 처음이다. 그로 미루어 소림사 두 태선승의 공동전인 영능이라는 자의 실력을 막연하게나마 짐작할 수 있을 듯했다.

촌각이라도 지체할 수 없다고 생각한 그는 권혼력을 극한으로 끌어 올려 오른손에 모으고 손바닥을 활짝 펼쳐서 독고우현의 상처에 밀착시켰다.

"후우우……."

반 시진이 지난 후 도무탄이 얼굴에서 비지땀을 흘리며 긴 한숨을 토해냈다.

독고우현의 상처가 워낙 심해서 치료하는 데 반 시진이나 소요되었다.

그가 자신이나 타인을 치료하면서 이렇게 오랜 시간을 소요한 것은 처음 있는 일이다.

소림사 두 태선승의 공동전인인 영능이라는 자가 도대체 얼마나 고강하기에 이 정도인지 치료하는 내내 도무탄의 가슴을 짓눌렀다.

도무탄은 치료를 하느라 일상급의 고수 백 명하고 전력으로 싸우고 난 것처럼 기진맥진했다.

독고우현의 가슴 한복판 숯처럼 타버려서 관통된 부위는 새살이 돋아나서 말끔하게 치료가 되었다.

독고우현은 긴 한숨을 토해내며 정신을 차리더니 눈을 뜨고 잠시 껌뻑거렸다.

"하아……."

그는 이틀 전 소림사에서 온 영능이라는 자하고 싸움이 붙자마자 그의 강기에 적중당한 순간 혼절했다가 이제야 깨어났다.

눈을 껌뻑거리던 그는 혼란스러운 정신을 수습하면서 어느 순간 자신이 영능에게 당했던 일이 생각나서 깜짝 놀라 벌떡 상체를 일으켜 앉았다.

"……."

그는 침상 아래 바닥에 가부좌로 앉아서 운공조식을 하고 있는 도무탄을 발견하고는 깜짝 놀랐다.

한동안 그를 멀뚱하게 응시하던 독고우현은 도무탄이 자신을 살렸을 것이라고 짐작했다.

영능의 강기에 적중당하여 빠르게 의식이 꺼져가고 있을 때 단 하나 분명한 확신이 있었다.

자신이 이대로 죽을 것이라는 단정적인 추측이었다. 그 당시에는 그저 눈앞이 하얗게 변했으며 입도 벙긋할 수가 없는 상태였다.

그러나 그는 죽지 않았으며 바로 근처에 사위 도무탄이 운공조식을 하고 있는 것을 발견했다.

지금의 이 상황은 길게 말할 것도 없이 도무탄이 그를 살렸다는 의미가 아니고 무엇이겠는가.

정원에는 독고 형제와 모친 난하영 등 일족이 모여서 초조한 얼굴로 문을 쳐다보았다.

모두의 얼굴에는 더할 수 없는 간절함이 가득 떠올랐다. 독고우현이 죽는다는 것은 무영검가 독고일가의 기둥이 무너진다는 뜻이다.

그것은 평소에 한 번도 생각해 본 적이 없었는데 이틀 전에 갑자기 해일처럼 이들을 덮쳤다.

끝없는 나락으로 추락하는 듯한 절망이 이렇듯 한순간에 찾아올 것이라는 사실은 아무도 짐작하지 못했었다.

"무탄아, 네가 나를 살렸구나."

"아버님."

그때 문 안쪽에서 도무탄과 독고우현의 말소리가 흘러나오자 사람들은 깜짝 놀라고는 기쁜 표정으로 저마다 탄성을 터뜨리면서 우르르 달려가 문을 열었다.

실내에는 침상에서 내려와 바닥에 우뚝 선 독고우현이 앞에 서 있는 도무탄의 두 손을 잡은 채 감개무량한 표정을 짓고 있었다.

"여보—!"

"아버님—!"

가족들은 울음을 터뜨리며 독고우현에게 모여들었다.

第六十四章

호랑이굴로

등롱기

다음 날 정오 무렵에 도무탄은 북경성에 나타났다.

그는 대낮에 북경성 대로 한복판을 활보하고 있다. 북경성 밖에서 개방 방주 신풍협개의 제자 군림방개와 은밀하게 만났는데 그가 역용을 해준 덕분이다.

지금 도무탄은 사십 대 초반의 까칠하고 짧은 수염을 기른 용맹하면서도 강단 있어 보이는 모습이다.

군림방개의 역용술은 일가를 이룰 만큼 탁월해서 지금 도무탄의 얼굴을 아무리 가까이 들여다봐도 진면목하고 다를 바가 없을 정도이니, 북경성에서 그가 등룡신권이라는 것을 알아볼 사람을 아무도 없을 것이다.

무영검가의 가주 독고우현과 독고 형제들은 오늘 이른 아침에 도무탄과 함께 문두구의 장원을 떠났다.

도무탄은 독고우현을 비롯한 무영검가의 생존자들을 평곡현 진검문으로 보냈다.

그곳에서 휴식을 취하면서 무영검가 멸문의 후유증을 추스른 후에 도무탄이 규합한 칠십여 방, 문파들로 동무림의 맹을 발족시키라고 시켰다.

그렇게 하면 북경성의 무영검가는 사라졌으나 그보다 몇십 배 더 거대한 맹이 탄생하는 것이다.

독고우현을 비롯한 독고일족들은 현재로썬 도무탄이 제시한 방법이 제일 합당하다고 판단하여 따르기로 했다.

모든 것을 깡그리 잃어버린 상황에서 그 방법 말고는 달리할 수 있는 게 없다.

맹 같은 거대한 조직을 이루는 데에는 절대적으로 필요한 것이 자금이다.

도무탄은 이미 진검문 쪽에 기방주 한매선과 내방주 백선인을 보내서 사업에 착수하라고 지시했었다.

그 두 사람이 각 지역의 특성을 살려서 사업과 점포를 매입, 운영하게 되면 맹에 소속된 방, 문파들은 그것들을 운영하면서 풍족한 자금을 밑바탕으로 하여 단단히 결속하게 될 것이다.

자고로 고금을 막론하고 사람을 가장 단단하게 결속시키는 첫 번째가 혈연이고 그다음이 돈이다.

도무탄은 독고우현 등과 문두구를 출발하여 북경성 북쪽까지 함께 왔다가 그곳에서 헤어져 그들은 평곡현으로 향하고 그는 북경성으로 향하여 미리 연락을 받고 기다리고 있던 군림방개와 만났던 것이다.

그가 무영검가 사람들과 헤어져서 혼자 북경성으로 온 목적은 세 가지다.

첫째, 연지루에 있는 독고지연과 독고은한이 무사한지 확인하는 것이다.

둘째는 독고 자매의 맏언니인 독고예상의 생사를 알아보고 그녀가 살아 있다면 구하는 것이다.

추살대와 뇌전팽가가 한밤중에 무영검가를 급습했을 때 잠에서 깬 무영검가 사람들은 여기저기에 흩어져서 싸웠는데 나중에 도주하고 나서 확인하니까 독고예상이 보이지 않았다고 한다.

셋째는 영능이라는 자에 대한 일이다. 그가 과연 어떤 인물인지, 기회가 주어진다면 그자하고 일대일 대결이라도 해보고 싶었다.

연지루에는 분광신도 염중기가 독고지연과 독고은한을 호

위하고 있으므로 다소 안심이 된다.

북해십루가 해룡방 소유이고 연지루에 독고 자매가 기거하고 있다는 사실은 극비라서 재앙을 당하지는 않았을 것이라고 도무탄은 짐작했다.

또한 군림방개도 그녀들이 잘못됐다는 정보는 아직 접하지 못했다고 한다.

급하기로 치면 독고예상의 생사를 알아보는 것이 우선이지만 지금은 대낮이라 북경성 내에서 활동하는 데 여러 가지 제약이 뒤따른다.

도무탄은 독고예상이 살아 있을 것으로 기대하고 있다. 무영검가에서 죽은 사람들은 개방이 한 명 한 명 다 확인을 했는데 거기에 독고예상은 없었다고 한다.

독고예상은 도무탄하고는 그다지 친분이 없고 그를 쌀쌀맞게 대했지만 어쨌든 독고지연과 은한 자매의 큰언니다. 그녀가 잘못됐다면 지연과 은한은 큰 슬픔에 빠질 터이다.

연지루에 들어가는 물자는 대부분 배를 이용한다. 육로로 가려면 중간에 언덕이 있는데다 연지루에서 사용하는 물자들이 워낙 부피가 크고 많아서 수레보다는 배가 훨씬 더 용이하기 때문이다.

미시(未時:오후 2시경) 무렵 연지루 전용포구의 하역장은 장

터를 방불케 할 정도로 혼잡했다.

도무탄은 부지런히 일하고 있는 인부들 속으로 섞여들었다가 짐 하나를 어깨에 메고 연지루 일 층으로 들어섰다. 그런데 입구 안쪽에서 체격 좋은 하인 하나가 그를 가로막으며 바깥을 가리켰다.

"짐은 모두 주방 별관으로 가져간다는 사실을 모르는 게요? 형씨 오늘 처음인가?"

쿵!

도무탄은 짐을 바닥에 내려놓았다.

"좀 들어갑시다."

경공을 사용하여 맨 꼭대기 연지상계 창을 통해서 잠입할 수도 있지만, 만에 하나 누군가 감시할 수도 있기에 복잡하지만 이런 방법을 택했었다.

"허어… 이 친구가 말귀를 못 알아듣는군?"

하인은 두 발을 넓게 벌리며 버티고 서서 도무탄을 아래위로 훑어보았다.

"무슨 일이냐?"

그때 안쪽에서 호위무사차림의 장한 한 명이 걸어 나오다가 그 광경을 목격했다.

"아, 글쎄 이자가 짐을 들고 여길 들어가겠다고……."

[나, 도무탄이오.]

하인이 뒤돌아보면서 일러바칠 때 도무탄이 호위무사에게 전음을 보냈다.

호위무사는 다름 아닌 무영검가에서 파견한 무영검수다. 그는 무영검가의 멸문 때문에 매우 풀이 죽어 있다가 도무탄의 전음을 받고 깜짝 놀라서 다가왔다.

"너는 가봐라."

그는 잘못도 없는 하인을 꾸짖어서 쫓아 보내고 주위를 둘러보더니 아무도 없는 것을 확인하고는 도무탄에게 공손히 허리를 굽혔다.

[어인 일이십니까?]

무영검수는 도무탄이 역용을 했지만 평소 그의 목소리를 알고 있었던 터라 즉시 알아보았다.

[일 층에도 비밀통로가 있소?]

도무탄은 연지상계로 직통하는 비밀통로가 있을 법한 방향을 쳐다보았다.

[이리 오십시오.]

도무탄은 무영검수가 열어주는 문을 통해서 비밀통로로 들어가며 지시했다.

[무영검수를 모두 내 방으로 모이라고 하시오.]

그극……

비밀통로를 통해서 연지상계로 나온 도무탄은 통로 입구의 가림막으로 세워놓은 서가를 능숙하게 한옆으로 밀어내고 나서 실내로 들어섰다.

"쥐새끼 같은 놈."

도무탄의 모습이 보이자마자 실내 건너편에 있던 염중기가 괴한이 침입한 줄 알고 득달같이 쏘아오면서 도를 뽑는 것과 동시에 맹렬하게 그어왔다.

촤아악!

"염 숙(廉叔), 날세."

도무탄이 아무런 방어 자세도 취하지 않고 피하지도 않으면서 조용히 말하자 맹렬하게 덮쳐 오던 염중기는 그의 세 걸음 앞에서 뚝 멈추더니 수중에 대도를 말아 쥐고 공손히 허리를 굽혔다.

"주인님이십니까?"

"못 알아보겠나?"

염중기는 벙긋 미소 지었다.

"누구 솜씨인지 역용술이 제법입니다."

멀지 않은 창가 탁자에 시름에 잠겨서 마주 앉아 있던 독고지연과 독고은한은 자리에서 일어나 놀란 얼굴로 도무탄을 바라보았다.

그녀들은 목소리만 듣고서도 도무탄을 알아보고는 기쁨의

울음을 터뜨리면서 달려왔다.

"여보!"

"탄 랑! 으흐흑!"

와락!

독고 자매는 도무탄에게 안겨서 몸부림을 치며 더욱 세차게 울어댔다.

도무탄으로부터는 아무런 소식이 없고 무영검가는 하룻밤 사이에 멸문해 버려서 가족들이 어떻게 됐는지 걱정이 태산같아 뜬눈으로 밤을 지새웠던 그녀들이다.

그렇다고 도무탄을 찾는다거나 가족들의 생사를 확인하려고 연지루 밖으로 나가 헤매고 다닐 수는 없었다.

염중기가 절대 밖으로 나가서는 안 된다고 말리기도 했지만, 그녀들이 생각하기에도 자신들이 연지루 밖을 활보하는 것은 위험천만하고 자칫하다가는 사태를 악화시킬 수 있다고 생각했다.

하지만 도무탄과 가족들 걱정 때문에 연지상계에 틀어박혀 있는 것이 그야말로 가시방석이고 물 한 모금조차 제대로 목에 넘어가지 않았다.

그러던 중에 마침내 제 발로 찾아온 도무탄을 만났으니 그 기쁨이 오죽하랴.

그녀들은 이게 꿈인지 생시인지 몸부림치면서 도무탄에게

서 떨어지지 않았고, 도무탄 역시 그녀들을 품에 안으니 비로소 마음이 편안해졌다.

그는 자신이 이 여자들을 얼마나 사랑하고 있는지 새삼스럽게 절감하여 그녀들을 꼭 안아주었다.

도무탄과 독고 자매 세 사람은 날이 어두워지고서도 한참 동안이나 방 안에 틀어박혀서 밀린 회포를 풀었다.

도무탄은 무영검가의 멸문과 가족들에 대해서, 그리고 독고예상에 대해서 자세히 설명해 주었다.

독고 자매는 도무탄과 십삼 일 정도 헤어져 있었지만 몇 십 년 만에 재회한 것처럼 이것저것 시시콜콜한 것들까지 이야기를 쏟아냈다.

세 사람은 침실에 나란히 누워서 대화를 하다가 누가 먼저라고 할 것도 없이 한데 뒤엉켜서 뜨겁고도 격렬한 정사를 나누었다.

매일 한 몸처럼 붙어서 지내다가 열흘 이상 떨어져 있었으므로 세 사람은 마른 볏짚에 불을 붙인 것처럼 활활 타올라서 정신없이 서로의 싱싱한 육체에 탐닉했다. 세 사람의 사랑은 한층 더 성숙해졌다.

도무탄은 가족이나 다름없는 측근들을 모두 불러서 다 함께 늦은 저녁 식사를 했다.

그가 이번에 나가면 소림사 두 태선승의 공동전인이라는 영능과 마주치게 될 수도 있다.

그리되면 한바탕 싸움이 벌어질 것이고 영능이 상상 이상으로 강해서 도무탄이 돌이키지 못하는 상황에 처하게 될지도 모른다.

그도 사람인데 할 수만 있다면 영능이라는 자와 부딪치고 싶지 않은 게 솔직한 심정이다.

그렇지만 도무탄과 무영검가, 그리고 동무림이 가야 할 길 한복판에 영능이 떡 버티고 서 있다.

반드시 그를 쓰러뜨려야지만 모두가 갈망하는 목적지에 도달할 수가 있는 것이다.

무조건 영능을 피한다고만 해서 될 일이 아니다. 누군가는 반드시 영능과 싸우고 또 쓰러뜨려야만 하는데 그게 바로 도무탄인 것이다. 그 말고 대체 누가 영능을 상대하려고 하겠는가.

흔히들 천하는 넓고 기인이사는 모래알처럼 많다고들 말하지만, 지금 이곳에는 그 흔한 모래알이 하나도 없다. 기인이사 축에도 끼지 못하는 도무탄이 있을 뿐이다.

그래서 도무탄은 큰일을 하러 떠나기 전에 자신의 가장 가까운 사람들하고 밥이나 한 끼 먹으려는 조촐한 심정으로 마주 앉았다.

식사 후에 도무탄이 어딜 가려고 한다는 사실을 아무도 짐작하지 못하고 있다.

그저 오랜만에 다들 만나서 즐겁게 저녁 식사를 하는 것이라고만 생각했다.

오랜만에 돌아왔으니까 불과 한나절 만에 다시 떠날 것이라고는 전혀 예상하지 못하고 있었다.

도무탄 양쪽 옆에 앉은 독고 자매는 식사를 하는 둥 마는 둥 도무탄의 식사를 챙기면서 얼굴 가득 행복한 미소가 떠나지 않았다.

무영검가가 멸문지화를 당하고 친족이 많이 죽었으며 큰언니 독고예상의 행방이 묘연한 지금, 오로지 도무탄만이 그녀들의 유일한 위안이고 기댈 곳이다.

도무탄이 왔다는 소식을 듣고 보화와 소진이 갖은 정성을 다 해서 저녁 식사를 준비했다.

그녀들은 독고은한 옆쪽에 나란히 앉아서 식사하는 것도 잊은 채 그를 바라보느라 바빴다.

독고 자매가 그의 부인이라면, 보화는 누나, 소진은 누이동생의 심정이다.

궁효와 소화랑, 해룡야사도 마찬가지다. 그들은 독고 자매하고는 또 다른 존경과 신뢰, 애정의 눈빛으로 도무탄을 바라보느라 식사를 하는 둥 마는 둥 했다. 밥은 매일 세 번이나 꼬박꼬박 먹는 것이지만 도무탄을 이렇게 가까이에서 마주 보는 것은 흔한 일이 아니다.

그러나 단 한 사람 염중기만은 맞은편에 앉아서 평소와 다름없이 돌덩이처럼 굳은 표정으로 묵묵히 식사만 할 뿐 대화에는 끼어들지 않았다.

함께 식사하자니까 놀라서 펄쩍 뛰는 염중기에게 도무탄이 '항명'이냐고 전음을 보내자 찍소리도 하지 못하고 자리에 앉았다.

식사를 하는 동안 독고은한이 도무탄에게 들은 바깥의 얘기들을 차분하게 해주었으며 모두들 숙연히 들었다.

이어서 해룡방 사방주 중에 행상단 행방주인 궁효가 북경성에 진출한 해룡방 본진의 활약상에 대해서 조목조목 자세히 설명을 했다.

해룡방의 중원 진출에 대해서는 도무탄이 한마디도 거든 적이 없었고 사방주들의 재량에 맡겼지만 역시 하나같이 잘해나가고 있다.

북경성에는 도무탄을 따라서 선발대로 한매선이 먼저 와서 북해십루를 개업했었다.

그다음에는 자신의 장기를 최대한 발휘하여 북경성은 물론이고 인근의 최고급 기루와 주루들을 차근차근 사들여서 지금은 그 수가 사십여 개에 이른다.

한매선의 뒤를 이어서 외방주 천유공과 내방주 백선인이 차례로 북경성에 도착하여 잠잠하던 상계(商界)에 한바탕 돌풍을 일으키고 있는 중이다.

물론 그들 해룡방 삼인방은 절대 자신들의 신분을 노출시키지 않기 때문에 해룡방이 북경성에 진출한 사실을 아무도 모르고 있다.

"잠시 다녀올 곳이 있다."

식사가 거의 끝나갈 즈음 도무탄이 조용한 목소리로 말문을 열었다.

"여보……."

독고 자매가 동시에 깜짝 놀라더니 불안한 얼굴로 그를 바라보았다.

슥—

"다녀오마."

도무탄은 그 한마디만 하고 일어섰다.

독고 자매와 모든 사람이 우르르 따라서 일어나 놀란 표정으로 그를 주시했다.

도무탄은 여전히 역용을 한 사십 대의 모습으로 한 사람씩 차례차례 둘러보았다.

그러고 나서 나란히 서 있는 두 아내를 말없이 미소를 지으며 바라보다가 휙 몸을 돌려 비밀통로로 걸어갔다.

독고 자매는 바르르 몸을 떨면서 키 큰 도무탄이 휘적휘적 걸어가는 뒷모습만 바라보면서 이상한 불안감에 휩싸여 있을 뿐 아무 말도 하지 못했다.

다른 사람들도 마찬가지다. 돌아서기 전에 도무탄이 보여준 경직된 모습을 모두 기억하기 때문이다.

"소인이 모시겠습니다."

그때 염중기가 따라나섰다.

"염 숙은 여길 안전하게 지키는 게 날 돕는 거야."

도무탄은 그 한마디를 남기고 비밀통로로 들어가 모두의 시선에서 사라졌다.

남아 있는 사람들은 태산 같은 무거운 분위기에 휩싸인 채 한동안 그 자리에서 꼼짝도 하지 못했다.

염중기는 아까 도무탄이 연지루에 있는 무영검수 열 명을 모두 가주 독고우현이 있는 평곡현 진검문으로 보낼 때 뭔가 이상하다는 생각을 했었으나 설마 도무탄이 혼자 떠날 계획인지는 예상하지 못했었다.

도무탄은 자정 반 시진 전에 군림방개와 다시 만났다.

"영능은 팽가에 있는 것 같네."

개방 소유 어느 민가의 방에서 유등 불빛으로 도무탄의 역용을 찬찬히 살피던 군림방개는 그의 얼굴을 잘 매만져 주면서 말문을 열었다.

"팽가에는 영능과 추살대 소림승 구십 명이 함께 기거하고 있다는 정보야."

군림방개는 도무탄의 얼굴 매만지기를 끝내고 물러나 탁자 맞은편에 앉으며 물었다.

"어쩔 셈인가?"

"잠입해서 처형이 있나 확인해 봐야지."

군림방개는 도무탄의 결심이 확고하다는 사실을 느끼고는 말리지 않았다. 그 대신 그에게 도움이 될 만한 것을 말해주었다.

"잠입하면 후원 남쪽 별채의 정원 석등 안에 이걸 넣어두게. 그러고 나서 근처에서 기다리면 누가 나타날 게야. 그러면 그에게 도움을 청하게."

그는 도무탄에게 반쪽짜리 깨진 각전 하나를 내밀었다.

"그가 누군가?"

도무탄은 반쪽 각전을 받았다.

"뇌전팽가의 뇌전도수(雷電刀手)인데 오래전에 본 방이 포섭해 놓은 첩자야."

"음."

"그에게 궁금한 것을 묻거나 도움을 청하면 웬만한 것은 도와줄 거야."

군림방개는 말하고 나서 갈의 경장 한 벌과 도 한 자루를 내밀었다.

"이걸로 갈아입게. 중급 뇌전도수 복장이야."

무영검가의 검수를 무영검수라고 부르듯이 뇌전팽가의 도수를 뇌전도수라고 부른다.

만약 군림방개의 도움이 없었다면 도무탄으로서는 여러모로 불편을 겪었을 것이다.

옷을 갈아입고 난 도무탄이 탁자에 놓인 도를 굽어보자 군림방개가 손수 그의 어깨에 도를 묶어주었다.

"뇌전도수가 도를 메고 있지 않으면 말이 안 되지."

"가겠다."

방을 나서는 도무탄을 따라나서지 않고 군림방개는 의자에 그대로 앉아 있었다.

"조심해서 다녀오게. 나는 술 한잔하면서 여기에서 기다리고 있겠네."

뇌전팽가는 북경성 북쪽 하화지와 십찰해 두 호수에 둘러싸여 있다.

동남쪽은 하화지가, 다른 방향은 길게 구부러진 십찰해가

빙 둘러 감싸고 있어서 뇌전팽가에 가려면 동북 방향에 있는 하나뿐인 다리를 건너야만 한다.

그렇지만 도무탄은 뇌천팽가의 뒤쪽인 서쪽에서 백여 장 폭의 십찰해를 건넜다.

호수에 나뭇가지 하나를 띄우고 그 위에 한쪽 발을 살짝 얹은 후에 권혼력의 힘으로 빠르게 물살을 가르면서 어렵지 않게 호수를 건넜다.

뇌전팽가는 전문이 있는 동북쪽을 제외하고는 삼면이 온통 울창한 나무숲으로 둘러싸여 있다.

평소 뇌전팽가 외부 경계는 뇌전도수 열 명이 서고 있으며 오늘 밤에도 변함이 없다.

도무탄이 경계를 뚫고 뇌전팽가에 잠입하는 것은 손바닥을 뒤집는 것만큼이나 쉬웠다.

무영검가를 무너뜨리고 명실공히 하북성의 패자가 된 뇌전팽가로서는 두려울 것이 없으므로 경계를 삼엄하게 할 이유가 없다.

슥—

뇌전팽가에 잠입한 도무탄은 군림방개가 가르쳐 준 후원 남쪽 별채의 정원으로 향했다.

어둠과 적막에 잠겨 있는 뇌전팽가는 이따금 두 명씩 짝을 이룬 경계무사가 순찰을 돌고 있을 뿐이었지만 도무탄은 방심하지 않고 주위를 살피면서 천천히 이동했다.

되도록 으슥한 곳을 골라서 전진하는 그의 모습은 마치 그림자 같았다.

그가 전개하는 경공술은 녹상이 가르쳐 준 비류행이다. 그녀의 부친 천하제일의 신투(神偸)인 녹향의 경공술은 단연 발군이다.

도무탄은 지금껏 비류행을 전개하면서 추호의 불만도 없었다. 그만큼 훌륭한 경공술이기 때문이다. 그동안 꾸준히 연마해 온 그의 비류행은 이미 녹상을 넘어서 새로운 경지로 접어들었다.

오늘 밤에 비류행을 전개하여 누구에게도 들키지 않고 뇌전팽가를 활보하고 있으니 저절로 녹상이 생각났다.

친남매처럼 다정했으며 때론 친구였고 또 때로는 연인 같았던 녹상이다.

그는 어느 전각의 벽 아래에 멈춰서 으스름 조각달을 올려다보며 녹상에 대한 그리움을 달랬다.

'상아……'

따지고 보면 오늘날 그가 등룡신권이 되어 천하를 주유할 수 있었던 것은 모두 녹상의 덕이다. 우연한 기회에 그녀를 만나서 권혼을 얻지 않았더라면 지금의 그도 존재하지 않았을 것이다.

정원 석등 위의 안쪽에는 불이 켜져 있으며 도무탄은 그곳
에 군림방개가 준 반쪽짜리 각전을 집어넣은 즉시 재빨리 물
러났다.

석등으로부터 십여 장 거리의 숲 속 나무 뒤에 몸을 감춘
그는 물끄러미 석등을 응시했다.

약 이각 정도 기다렸지만 군림방개가 포섭했다는 뇌전도
수는 모습을 나타내지 않았다.

하긴 그 뇌전도수가 하루 종일 저 석등만 주시하고 있는 것
은 아닐 텐데 그리 쉽사리 나타나겠는가.

군림방개의 말을 들으면 그 뇌전도수가 오늘 밤에 나타나
는 것은 분명한 듯하니 조바심 갖지 말고 푸근하게 기다려야
할 것 같다.

그의 시선은 석등에 고정되어 있지만 머릿속은 온통 딴생
각이 가득 들어차 있다.

연지루를 떠나올 때 독고 자매가 보여준 충격과 슬픔에 빠
진 모습이 그의 머리에서 내내 떠나지 않고 있다.

하지만 그녀들에 대한 생각을 하지 않으려 노력하고 있다.
그렇게 하면 평정심이 흐트러져서 일에 지장이 초래될 것이
기 때문이다.

또 다른 생각이 있다. 지난번에 염중기와 일대일 대결을 벌였을 때 권혼신강을 전개하지 않았더라면 필시 그 자리에서 죽고 말았을 것이다.

그래서 그때 반드시 권혼강공법의 소구결을 연구하여 완성시켜야겠다고 다짐했었다.

그런데 그 이후에는 하북성의 방, 문파들을 규합하는 데 전력을 쏟느라 그럴 정신이 없었다.

그리고 북경성에 돌아와서는 무영검가의 멸문지화, 독고예상의 생사를 확인하는 일 때문에 눈코 뜰 새가 없다. 그러니 권혼강공법 소구결을 언제 연구하겠는가.

도무탄은 영능이 염중기보다 고강할 것이라 짐작하고 있는데, 만약 지금 이대로 영능하고 마주친다면 십중팔구 패배하고 말 것이 분명하다.

영능 같은 고수하고의 싸움에서 패배는 곧 죽음을 뜻한다. 그러므로 지금으로썬 무슨 일이 있어도 영능하고 부딪치지 않는 것이 상수다.

바로 그때 도무탄은 저만치 어둠 속 전각 모퉁이에서 뇌전도수 한 명이 주위를 두리번거리면서 석등으로 다가오는 모습을 발견했다.

그가 석등에 다가와서 위쪽 불이 켜 있는 곳에 손을 집어넣는 것을 보고 도무탄이 전음을 보냈다.

[나는 숲 속에 있소.]

짧은 수염이 덥수룩하고 삼십 대 중반 나이의 뇌전도수는 자연스러운 걸음으로 천천히 숲으로 걸어왔다.

그는 마치 소변이라도 보려는 것처럼 손으로 괴춤을 잡고 끈을 만지작거리면서 숲 안으로 들어와서는 주위를 두리번거리다가 나무 뒤에서 몸을 반쯤 드러낸 도무탄을 발견하고 빠르게 다가왔다.

[무엇을 도와주면 되오?]

뇌전도수는 거두절미하고 전음으로 물었다.

문득 도무탄은 순간적으로 이 사람을 믿어도 괜찮은가 하는 생각이 들었으나 지금에 와서는 선택의 여지가 없다고 판단했다.

[독고예상은 어디에 있소?]

뇌전도수가 거두절미하고 묻자 도무탄은 단도직입적으로 되물었다.

[저기 보이오? 숲 밖으로 나가서 남쪽으로 돌아가면 인공호수가 나오고 그 한가운데 오 층 누각이 있는데 그게 바로 자봉루(紫鳳樓)요. 팽정은 거기 오 층에서 묵는데, 독고예상은 그곳에 있는 것으로 알고 있소.]

뇌전도수는 숲 바깥쪽을 가리키며 설명했다. 두 사람 사이에는 필요한 문답만 오고 갔다.

[뇌전팽가에 영능이 있소?]

[그는 저기 북쪽 호천각(昊天閣)에 있소.]

뇌전도수는 도무탄이 무엇을 물어도 표정이 변하지 않고 진지하게 대답했다.

[독고예상은 살아 있소?]

[이틀 전에 생포되었을 때까지는 살아 있었는데 지금은 모르겠소.]

[독고예상은 왜 자봉루에 있는 것이오?]

[팽정이 그녀를 원했소. 자세한 것은 모르겠소.]

도무탄은 생각나는 대로 몇 가지를 더 물어보고 나서 뇌전도수를 보냈다.

뇌전도수가 자신을 누구라고 생각할 것인가에 대해서 잠시 생각했으나 곧 지워 버렸다.

그리고는 숲에서 나와 뇌전도수가 가리킨 방향의 자봉루로 향했다.

인공호수는 도무탄이 예상했던 것보다 훨씬 컸고 타원형이며, 호수의 한복판에 우뚝 서 있는 누각 자봉루는 꼭대기까지 십여 장으로 매우 높았으며, 그곳으로 연결된 다리는 하나뿐이었다.

밤이기는 하지만 인공호수 사방이 엄폐물 같은 것 없이 탁

트였으므로 다리 위를 달리거나 일위도강의 수법으로 호수를 건너는 것은 눈에 잘 띌 것 같았다.

도무탄은 잠시 궁리하다가 다리로 다가가서 잽싸게 다리 밑으로 들어가 거기에 거꾸로 매달려서 호수를 건너 자봉루까지 갔다.

숫—

다리 밑에서 나온 그는 바닥에 납작하게 엎드린 자세로 내달려서 자봉루 벽에 밀착하고는 청각을 돋우어 자봉루 안의 동정을 살폈다.

자봉루 일 층 안에서는 아무 소리도 들리지 않았고 이 층과 삼 층에서 여러 명이 잠자는 소리가 감지되었다. 그리고 사 층은 비었으며 꼭대기인 오 층에서 두 명의 자는 기척이 희미하게 감지되었다.

사사사—

그는 벽에 찰싹 붙어서 능숙하게 위로 올라갔다. 자봉루의 벽 색깔은 자색(紫色)이고 그가 입은 갈의 경장이 비슷한 색이라서 멀리에서는 잘 눈에 띄지 않았다.

오 층까지 올라간 그는 한 손으로 벽에 찰싹 달라붙은 상태에서 고개를 돌려 두 눈에 권혼력을 집중시켜서 뒤쪽 멀리까지 두리번거리며 자세히 살펴보았으나 수상한 기미를 발견하지 못했다.

인공호수 한가운데 있는 누각 오 층으로 잠입을 했다가 발각되어 포위 공격이라도 당하는 날이면 꼼짝할 수 없기 때문에 만전을 기하는 것이다.

그는 호흡은 물론이고 심장박동과 체내 혈류의 흐름까지 잠시 정지시킨 상태에서 창틈에 한쪽 눈을 대고 안을 들여다보면서 청력을 극대화시켰다.

실내에서 두 사람의 숨소리가 나는데 창틈으로는 맞은편의 서가와 그 아래 놓인 몇 개의 난(蘭)만 보였다.

확인한 결과 현재 이 자봉루에는 이 층과 삼 층에 십여 명이 있으며 오 층에 두 명이 있다. 그리고 숨소리로 미루어 모두 여자다.

조금 전에 뇌전도수는 자봉루 오 층이 뇌전팽가 가주 팽기둔의 외동딸 팽정의 거처이며 그곳에 독고예상이 있을 것이라고 일러주었다.

독고예상이 뇌옥에 감금되어 있지 않고 어째서 팽정의 거처에 같이 있는 것인지 모를 일이다. 그러나 좋은 일은 아닐 것이다.

어쨌든 직접 들어가서 눈으로 확인할 수밖에 없다는 생각에 도무탄은 조심스럽게 창을 열었다.

스으…….

추호의 기척도 없이 아주 느릿하게 창이 열리고 그 안으로 고개를 디밀어 좌우를 둘러보았다.

실내는 꽤 넓고 화려한데 오른쪽 끝에 엷은 연녹색 휘장이 드리워진 침상이 보였고 그곳에서 두 사람의 숨소리가 감지되었다.

실내는 빛 한 점 없이 캄캄했으나 도무탄은 권혼력을 두 눈에 모으고 침상을 향해 천천히 다가갔다.

권혼력으로 몸을 깃털처럼 가볍게 만들었으므로 걷는데 추호의 기척도 나지 않았다.

第六十五章

빙녀(氷女)의 눈물

등롱기

사아…….

도무탄이 가까이 다가가자 침상 밖의 얇은 휘장이 바람도 없는데 저절로 흔들리며 열렸고 그는 그 사이로 미끄러지듯이 스며들었다.

"……."

휘장 안쪽에 벌어져 있는 광경을 목전에서 보게 된 도무탄은 움찔 놀랐다.

침상에는 얇은 연분홍 나삼 차림의 소녀가 이불을 덮지 않은 채 똑바로 누워서 두 손을 봉긋한 가슴에 얹은 모습으로 곤히 잠들어 있었다.

십칠팔 세 정도의 나이에 매우 청순하고 귀여우며 어여쁜 용모의 소녀는 숨소리가 고른 것으로 미루어 깊이 잠든 것 같았다.

그러나 도무탄이 놀란 것은 침상의 소녀가 아니라 침상 아래 바닥에 새우처럼 웅크린 자세로 잠들어 있는 벌거벗은 여자 때문이다.

실오라기 한 올 걸치지 않은 여자는 뒷모습을 보이고 있어서 누군지 알 수 없지만 도무탄은 그녀가 독고예상일 것이라고 짐작했다.

자봉루 오 층에 팽정과 독고예상이 있다고 했으니 침상에서 자고 있는 소녀가 팽정이라면 전라의 여자는 독고예상이 분명할 것이다.

독고예상이 나신으로 저렇게 웅크려 있다면 죽지는 않았을 것이라서 도무탄은 일단 안도했다.

그는 우선 손을 뻗어서 팽정이라고 짐작되는 소녀의 혼혈을 재빨리 제압했다.

팽정은 몸을 한 차례 꿈틀거리더니 지금까지보다 더 깊은 잠에 빠져들었다.

도무탄은 잠시 전라의 여자를 굽어보았다. 독고예상이라고 짐작되는 그녀는 자고 있는 중에도 웬일인지 가늘게 몸을 떨었으며 또 미약하게 앓는 소리를 냈다.

도무탄은 그녀를 깨울 때 놀라서 소리치지 못하도록 우선 아혈을 제압했다.

그런데 아혈 두 군데 혈도를 눌렀는데도 그녀가 깨지 않고 잠만 자고 있는 게 이상하다.

뭔가 께름칙해진 도무탄은 웅크린 채 자고 있는 그녀의 몸을 자세히 살피다가 흠칫 놀랐다.

새우처럼 웅크린 뒷모습이기 때문에 무릎을 가슴에 붙이고 둔부가 불쑥 나온 자세인데 둔부의 계곡이 붉게 피로 물들어 있는 것이 보였다. 계곡 안에서 흐른 피가 둔부 한쪽을 온통 붉게 물들였다.

'이게 왜……'

그는 놀라서 한쪽 무릎을 꿇고 앉아서 고개를 숙이고 그녀의 둔부를 자세히 들여다보았다.

검은 음모(陰毛)에 뒤덮여 있어서 항문인지 아니면 옥문인지 모르겠지만 어쨌든 그곳에서 흐른 피가 둔부를 적시면서 흘러 바닥에 흥건하게 고여 있었다.

'월경인가?'

도무탄은 일단 편한 대로 그렇게 생각하고 손을 뻗어서 독고예상을 똑바로 눕혔다.

슥—

그가 짐작한 대로 전라의 여자는 독고예상이었다. 오늘이 사흘째인데 얼굴이 몹시 초췌했고 울었는지 긴 속눈썹이 젖어 있었다.

그리고 그녀는 둔부 뒤쪽으로 피를 흘리고 있는 것에 반해서 몸 앞쪽 하체는 깨끗했다.

누군가 자신을 건드리는 손길에 그녀는 매우 힘겹게 눈을 천천히 떴다.

이런 상황에서는 화들짝 놀라서 벌떡 일어나야 하는데 몹시 굼뜬 반응이다.

그리고는 누군가 시커먼 사람이 자신을 굽어보고 있는 것을 알아차리고는 흠칫 놀라서 두 눈을 커다랗게 떴다.

도무탄은 그녀의 부릅떠진 눈과 놀라는 표정으로 미루어 자신을 알아보지 못한 것이라고 생각하여 귀에 입을 대고 부드럽게 속삭였다.

"무탄이오. 처형을 구하러 왔소."

그 순간 독고예상의 눈이 더할 수 없이 커지더니 두 눈에 눈물이 가득 고였다.

도무탄은 역용을 해서 알아보지 못할 텐데도 '무탄'이라는 말만 듣고서 보인 반응이다.

도무탄이 아혈을 풀어주자 그녀는 가늘게 떨리는 목소리로 물었다.

"정말 무탄이야?"

"그렇소."

그녀는 어두워서 잘 보이지도 않는 도무탄을 한동안 뚫어지게 주시했다.

목소리는 도무탄이 분명한데 생긴 게 전혀 다르기 때문에 헷갈리는 것 같았다.

"역용을 했소."

"그랬구나……."

역용이라는 말에 고개를 끄떡이는 것 같더니 그녀는 갑자기 몸을 떨면서 울기 시작했다.

"다시는 가족을 만나보지 못하고 이대로 죽는 줄로만 알았어… 무탄을 보게 되다니 믿어지지 않아……. 네가 날 구하러 오다니……."

평소에 그녀는 얼음처럼 차가운 성격에다 도무탄에게 무척 냉정하게 굴었었다.

그런데 도무탄이 자신을 구하러 뇌전팽가에 잠입했으니 너무 감격해서 목이 메었다.

하지만 이런 상황에 처해서 흐느껴 우는 것을 보니까 도무탄은 그녀가 얼마나 고생이 막심하고 또 절망적이었으면 이렇겠는가 싶어서 가련하다는 생각이 들어 두 손을 뻗어 부드럽게 품에 안아주었다.

그녀는 멈칫하더니 그의 가슴에 얼굴을 묻고 한동안 낮게 흐느껴 울었다.

하지만 그녀의 울음은 길지 않았다. 다섯 호흡쯤 울더니 코를 훌쩍이며 울음이 잦아들었다.

도무탄은 그녀의 얼굴을 품에서 약간 떼어내고는 자신의 옷자락으로 눈물을 닦고 또 코를 풀게 해주면서 물었다.

"어떻게 된 일이오?"

그녀는 도무탄의 행동에 깜짝 놀라는 것 같더니 약간 어색한 얼굴로 되물었다.

"뭐가?"

툭툭…….

"여기 말이오. 피를 흘리고 있지 않소?"

"……."

도무탄이 둔부를 가볍게 건드리자 그녀가 움찔 몸을 떠는 것이 느껴졌다. 자존심 강한 그녀가 충격을 받은 것이라는 생각이 들었다.

그렇지만 그녀는 모르고 있는 것 같으니 둔부에서 피를 흘리고 있다는 사실을 말해야만 한다.

이 상태로 도주한다면 그녀가 흘리는 피 때문에 흔적을 남기게 될 것이다.

"감히…….."

아직도 예전 성깔이 남은 그녀가 눈을 샐쭉하게 뜨면서 그를 노려보더니 뺨을 살짝 때렸다.

찰싹!

도무탄으로선 충분히 피할 수 있지만 가만히 있다가 뺨 한 대를 얻어맞았다. 손으로 살짝 건드린 정도라서 전혀 아프지 않았다.

처형의 알몸을 다 보고 게다가 피 흘리는 둔부를 두드렸으니 심란하기도 할 것이다.

그녀는 상체를 세우더니 머뭇거림도 없이 그냥 도무탄의 허벅지에 앉았다.

그녀의 옥문인지 항문인지 모를 곳에서 여전히 계속 흐르고 있는 피가 도무탄의 허벅지를 흠뻑 적셨으나 그는 가만히 있었다.

그녀는 매우 힘겹게 한쪽 팔을 그의 목에 두르고는 침상에 누워 있는 소녀 팽정을 잡아먹을 것처럼 싸늘하게 쏘아보며 이를 갈듯이 중얼거렸다.

"저년 어떻게 했어?"

"혼혈을 제압했소."

그녀는 힘겹게 고개를 끄떡이고 나서 침상 아래쪽에서 자신의 왼쪽 발을 끌어당겼다.

"이거 봐."

철걱……

그러자 작은 쇠사슬 소리가 났다. 그녀의 발목에는 둥근 형태의 족갑(足匣)이 채워져 있고 거기에 손가락 하나 굵기의 쇠사슬이 연결되어 있었다.

슥—

도무탄이 쇠사슬의 끝을 따라가자 침상에 누워 있는 팽정의 왼 손목에 수갑(手匣)이 채워져 있는데 그곳에 연결되어 있었다.

이제 보니 팽정은 독고예상의 발목에 족갑을 채우고 쇠사슬을 자신의 손목에 찬 수갑에 연결해서 그녀를 억압했었던 것이다.

"저년이 내 무공을 없앴어."

독고예상은 팽정을 쏘아보며 분노에 떨리는 목소리로 중얼거렸다.

그녀의 무공을 없앴기 때문에 족갑을 풀지도 못하고 잠들어 있는 팽정을 죽일 수도 없었던 것이다.

무인에게 무공을 없앤다는 것은 죽이는 것보다도 가혹한 일이다.

독고예상이 어떤 심정이었을지 깊이 생각하지 않아도 짐작할 수가 있다.

"그리고… 흑!"

독고예상은 눈이 찢어질 것처럼 팽정을 노려보더니 흐느끼면서 얼굴을 도무탄의 가슴에 다시 묻었다.

그녀는 그의 가슴에 얼굴을 묻은 채 잠시 동안 흐느끼더니 울음을 그치지 못하면서 그리고 울음이 다 그치기 전에 이 말을 꼭 해야겠다는 듯 입을 열었다.

"무탄… 비밀 지켜야 해."

"알았소."

그녀가 무슨 말을 하려는지 모르지만 목숨을 걸고 하는 말처럼 느껴져서 그는 진지하게 대답했다.

"나… 강간당했어……."

"……."

도무탄은 움찔 놀랐다. 설마 그녀가 그런 일을 당했을 줄은 전혀 몰랐다.

더구나 그런 내밀한 얘기를 자신에게 털어놓을 줄은 더욱 상상하지 못했다.

그녀는 계속 그의 가슴에 얼굴을 묻고 흐느끼면서 말했다.

"뇌전팽가의 뇌전도수 열 명에게… 저년이 보는 앞에서 무참하게 강간당했어……."

도무탄은 왜 그런 일을 당했느냐고 묻고 싶었으나 그녀의 슬픔이 너무 큰 것 같아서 또 설명을 끊고 싶지 않아서 아무 말도 하지 않았다.

"붙잡힌 첫날부터⋯ 저년이 뇌전도수를 하루에 서너 명씩 불러들여서⋯ 바로 저 침상에서 날 강간하라고 시켰어⋯⋯. 저년은 그걸 지켜보면서 잔인하게 웃고 있었지. 그 웃음소리가 아직도 내 귀에 쟁쟁하게 들려⋯⋯."

도무탄은 팽정이 독고예상에게 뭔가 복수를 한 것 같다는 생각이 들었다.

"혹⋯ 저년이 내가 팽무를 밟아서 죽였다는 소릴 어디서 들었나 봐. 자기 오빠 복수를 하겠다면서⋯⋯."

독고예상과 팽무가 연인이었던 시절에는 팽정은 독고예상을 친언니처럼 따랐었다.

그처럼 절친했던 사이가 원수지간이 되는 것은 손바닥을 뒤집는 것처럼 간단했다.

독고예상은 말을 멈추고 두 팔로 그의 등을 꼭 끌어안고는 몸을 떨면서 한동안 울기만 했다.

도무탄은 여기에서 한시바삐 그녀를 데리고 떠나야 하지만 그녀의 절망과 슬픔을 어느 정도 공감하기 때문에 그러지 못하고 가만히 있었다.

사랑하지도 않는 낯모르는 열 명의 사내에게 강간을 당한 그녀로서는 죽고 싶은 심정일 것이다. 그녀처럼 자존심이 강하고 딱 부러지는 여자는 그로 인해서 자신의 삶이 끝났다고 여길 수도 있다.

아니, 실상 그녀는 자신이 살아 있다는 느낌도 들지 않았다. 숨은 쉬고 있으나 그녀에게는 살아 있다는 자체가 지옥인 것이다.

"무탄이 날 위해서 해줄 일이 있어."

그녀는 울음을 그치려고 애쓰면서 말했다. 그리고는 가슴에서 얼굴을 떼고 눈물을 흘리면서 그를 바라보았다.

"무탄이 저년을 강간해 줘."

"무슨……."

"되니 안 되느니 쓸데없는 말 같은 건 하지 말고 날 위해서 저년을 짓밟아줘. 그냥 눈 딱 감고 저년을 한 번 짓밟기만 하면 내 속이 후련하겠어."

"처형."

"이에는 이로 눈에는 눈으로 복수하고 싶어. 내 심정을 모르겠어?"

"알… 겠소. 하지만……."

도무탄은 말도 되지 않는 소리라고 일축하고 싶지만 그러지 못했다.

그녀의 심정을 십분 이해하기 때문이다. 역지사지(易地思之), 입장을 바꿔놓고 생각한다면 그리고 해도 똑같이 짓밟아주고 싶을 것이다.

그러나 이해하는 것은 이해하는 것이고 실제로 행하는 것은 다른 것이다.

"이건 나와 무탄만의 비밀이야. 무덤에 들어갈 때까지 비밀을 지킬게."

"음."

"무탄이 저년을 짓밟지 않는다면 나는 여기에서 나가지 않겠어. 평생 저년의 개가 되어 뇌전도수에게 강간당하다가 죽을 거야. 차라리 그러는 게 나아……."

입술을 잘근잘근 깨물면서 비장한 얼굴로 말하는 그녀를 보면서 도무탄은 그녀라면 충분히 그러고도 남을 여자라는 생각이 들었다.

하지만 무슨 일이 있어도 도무탄이 강제로 이곳에서 그녀를 데리고 나갈 것이므로 그녀가 죽을 때까지 뇌전도수에게 강간당하는 일은 벌어지지 않을 것이다.

그녀는 자신의 각오와 결심을 말한 것이다. 도무탄이 억지로 데리고 나가면 뇌전도수들에게 강간을 당하지 않겠지만 그에 준하는 또 다른 방법을 찾아낼 것이 분명하다. 물론 스스로를 해치는 방법일 것이다. 그렇더라도 도무탄이 반항도 하지 못하는 팽정을 강간하다니, 그것은 절대로 있을 수 없는 일이라고 그는 몇 번이고 곱씹어 다짐했다.

"나는 절대로 그런 짓은 하지 않을 것이오. 처형은 다른 방법을 찾아보는 게 좋겠소. 차라리 이 여자를 죽이는 게 어떻겠소?"

독고예상은 강하게 고개를 가로저었다.

"그건 가장 쉬운 방법이야. 그렇게 해서 내 짓밟힌 원한이 씻어질 것 같아?"

도무탄은 그녀가 고개를 가로저은 것보다 더욱 세게 고개를 가로저었다.

"어쨌든 그것만은 절대로 안 되오."

"죽어도 안 되겠어?"

"그렇소."

"알았어."

뜻밖에도 독고예상은 순순히 포기하는 듯한 표정을 지으며 도무탄의 허벅지에서 일어섰다.

그 바람에 벌거벗은 그녀 하체의 우거진 숲이 도무탄의 얼굴 앞에 놓였지만 두 사람 다 그런 것에는 신경을 쓸 계제가 아니다.

슥─

그녀는 어깨를 늘어뜨리고 천천히 몸을 돌려 저쪽으로 느릿하게 걸어갔다.

철걱… 절그럭…….

발목에 묶인 쇠사슬이 바닥에 끌리며 소리가 났다.

걸음을 옮길 때마다 육감적으로 씰룩거리는 그녀의 새하

얇고 탱탱한 둔부 사이에서 흐른 피가 허벅지와 종아리를 적시며 흘러내렸다.

그런데 그녀는 두어 걸음 걸어가는 것 같더니 느닷없이 힘껏 펄쩍 뛰어올랐다가 머리를 아래로 하여 쏜살같이 바닥에 부딪쳐 갔다.

"이잇!"

휘익!

그녀가 아무리 무공을 잃었다고 해도 저와 같은 기세로 머리를 바닥에 처박으면 머리가 깨져서 죽거나 큰 부상을 입고 말 것이다.

그녀가 그런 짓을 하리라고는 전혀 예상하지 못했던 도무탄은 움찔 놀라 앉은 자세에서 재빨리 손을 내밀면서 권혼력을 뿜어내서 그녀를 끌어당겼다.

퍽!

그녀의 머리가 바닥에 반 뼘쯤 남겨두었을 때 갑자기 머리의 방향이 홱 꺾이는가 싶더니 도무탄의 복부를 들이받으며 안겨들었다.

도무탄이 충격이 가지 않도록 손을 썼으나 무공을 잃은 그녀에겐 목이 꺾이는 것만으로도 고통이라서 잠시 머리가 핑 돌았다.

"음······."

그렇지만 그녀는 다시 일어나더니 얼굴을 찡그리며 중얼 거렸다.

"저년을 짓밟지 않을 거면 날 내버려 둬."

도무탄은 그녀의 처절한 의지를 깨닫고 착잡해졌다.

"처형."

"저년이 나처럼 당하는 꼴을 보지 못한다면… 나는 살아도 살아 있는 게 아냐. 그런 내 심정 모르겠어?"

그녀가 눈물을 흘리면서 말하자 도무탄은 가슴이 마구 헝클어져서 고개를 끄떡였다.

"그 심정을 왜 모르겠소."

팽정을 강간하는 것은 절대로 있을 수 없는 일이라고 생각했었는데 어느덧 분위기는 그럴 수도 있는 쪽으로 흘러가는 듯했다.

독고예상은 갑자기 도무탄 앞에 무릎을 꿇고 눈물을 흘리며 두 손을 비볐다.

"이번 딱 한 번만이야. 무탄이 그렇게만 해준다면 이 일에 대해서 평생 침묵하면서 무탄을 하늘처럼 모시고 살게. 애원이야. 제발……."

그러면 안 되는데 도무탄은 자꾸만 독고예상의 처절한 심정이 이해가 됐다.

그래서 그는 이 일이 독고지연이나 은한에게 알려지지 않는다면 눈 딱 감고 적선이라 여기면서 한 번 해줄 수도 있다는 생각이 들었다.

그 자신이나 독고예상이 입을 다물고 있으면 이것은 어디까지나 둘만의 비밀이다.

팽정을 강간하는 것. 까짓것 길바닥에 오줌 한 번 누거나 가래침 한 번 뱉었다면 생각하면 될 일이다.

독고예상이 원하는 대로 도무탄은 팽정의 혼혈을 풀어주는 대신 마혈과 아혈을 제압했다.

그리고 그녀의 옷과 속곳까지 모두 벗기고 그 자신도 나신이 되어 그녀 위에 몸을 실었다.

팽정은 이십이 세의 나이로 도무탄보다 한 살 연상이다. 하지만 선천적으로 어려보이는 데다 작고 아담하며 여린 몸매라서 영락없는 어린 소녀처럼 보였다.

갸름한 얼굴의 그녀는 얼굴의 절반을 차지할 듯 커다란 두 눈을 부릅뜨고 잔뜩 겁에 질렸다. 자다가 아닌 밤중에 나신이 되었으니 말이다.

단 한 올의 애정도 없이 그저 오로지 강간을 하는 입장이라서 도무탄은 그녀의 작고 가녀린 몸이 물속에서 갓 건져내서 펄떡이는 한 마리 은어(銀魚)처럼 싱싱하고 미끈하다는 것도, 아담한 체구에 비해서 놀랄 정도로 잘 발달되고 풍만한 가슴과 둔부, 늘씬한 다리를 지녔다는 사실에는 조금도 눈이 가지 않았다.

움직이지도 말을 하지도 못하는 팽정은 눈을 찢어질 듯이 부릅뜨고 자신의 작은 몸 위에 육중하게 엎드린 커다란 체구에 두억시니처럼 생긴 용모의 도무탄을 쏘아보며 소리를 지르려고 결사적으로 입술을 달싹거렸으나 뜻을 이루지 못하고 눈물만 흘렸다.

"팽정, 이년아. 이젠 네년 차례다. 내가 강간을 당할 때 어떤 기분이었는지 십분지 일이라도 경험해 봐라. 아예 옥문이 갈가리 찢어져 버려라."

침상 옆에 나신으로 서서 싸늘하게 미소 지으며 그렇게 말하는 독고예상을 쳐다보면서 팽정은 비로소 어떻게 된 일인지 알아차린 것 같았다.

독고예상은 통쾌함 때문에 이성을 잃어버리고 온갖 독설을 마구 쏟아냈다.

그리고는 한순간 그녀는 아무 말도 하지 않고 또 도무탄에게 어떻게 하라고 시키지도 않고 팔짱을 낀 채 눈을 동그랗게 뜨고 지켜보기만 했다.

옷을 벗고 팽정 몸 위에 엎드리긴 했지만 도무탄은 조금 난감해졌다.

추호의 애정도 없고 욕정도 느끼지 않는 상태에서 과연 정사가, 아니, 강간이 가능할지 의문이 들었다.

'빌어먹을… 어떻게든 해보자.'

그가 숱한 여자하고 정사를 할 때의 순서대로 우선 입술을 덮쳤다.

그러자 팽정이 그의 혀를 깨물려고 했다. 아혈이 제압된 상태에서도 이빨을 움직일 수 있는 것 같았다.

그렇지만 당할 도무탄이 아니다. 그녀의 작고 매끄러운 혀를 자신의 입속으로 빨아들여 희롱하면서 한 손으로는 젖가슴을 주무르고 다른 손은 하체의 은밀한 부위를 더듬었다.

그런데 참으로 희한한 일이다. 강간을 할 수 있을까 염려했던 그의 걱정은 한낱 기우에 불과했다.

잠시 그녀의 혀를 빨고 젖가슴과 옥문을 만지는 동안 그의 음경은 애정이나 욕정하고는 전혀 상관없이 불끈 힘차게 발기했다.

'미치겠군.'

지금 그의 심정을 이해할 사람은 아무도 없을 터이다.

그는 팽정의 다리를 한껏 벌려서 들어 올려 삽입의 자세를 취하다가 힐끗 독고예상을 쳐다보았다.

독고예상의 시선은 그의 음경에 못 박혀 있었다. 그리고 그것이 앞으로 전진할 때에는 숨조차 쉬지 않았다.

독고예상은 부끄러움도 수치도 모르는 채 도무탄이 팽정을 짓밟는 과정을 처음부터 끝까지 눈에 불을 켜고서 다 지켜보았다.

도무탄의 음경이 얼마나 큰지, 그것이 어떤 모습으로 팽정의 순결을 짓밟는지, 그녀의 얼굴이 분노와 슬픔, 절망으로 어떻게 일그러지는지 단 한 순간도 놓치지 않았다.

그리고 도무탄이 몸을 일으켰을 때 다리를 벌린 팽정의 사타구니와 이불이 온통 피투성이인 것을 보며 독고예상이 지어 보인 잔인한 미소의 얼굴을 도무탄은 아마 죽을 때까지도 잊지 못할 터이다.

정신이 반쯤 나간 도무탄은 독고예상을 업고 허겁지겁 뇌전팽가를 벗어났다.

생판 모르는 여자를 강간했다는 사실이 이처럼 기분이 더러울 줄은 예상하지 못했었다.

그럴 줄 미리 알았더라면 무슨 일이 있어도 독고예상의 애원을 들어주지 않았을 것이다. 하지만 이제 와서 후회한들 무슨 소용이랴.

강간을 하고 나서 팽정은 저주하는 눈빛으로 도무탄을 노려보며 입술을 마구 깨물어 입술이 다 터져서 턱과 목에 피가 낭자했다.

나신으로 다리를 벌린 채 누워 있는 팽정은 입과 옥문에서 피를 흘려 이불을 적시면서 계속 눈물만 흘렸으며, 얼마나 서러운지 쉴 새 없이 젖가슴이 오르락내리락거렸다.

  아혈이 제압된 그녀는 아무 말도 할 수 없지만 도무탄은 그녀가 무슨 말을 할는지 짐작할 수 있을 것 같았다.

  도무탄은 혹시 미행이 있을지 몰라서 곧장 북해로 가지 않고 동쪽으로 자금성을 휘돌아서 달렸다.

  휘이—

  달리고 있는 그도, 업혀 있는 독고예상도 아무 말도 하지 않고 입을 굳게 다물고 있었다.

  도무탄이 팽정을 짓밟은 후에 옷을 입는 동안, 독고예상은 한껏 도도하고 오만하게 팽정을 비웃어주었다. 그리고는 하지 말아야 될 말을 팽정에게 해주었다.

  그녀는 옷을 다 입고 기다리고 있는 도무탄을 가리키면서 득의만면하게 웃었다.

  "이 사람이 누군지 아느냐? 내 제부인 도무탄, 등룡신권이다. 알았느냐? 깔깔깔깔!"

  도무탄은 독고예상이 마지막에 그렇게 말할 것이라고는 전혀 예상하지 못했었다.

  그녀는 복수의 쾌감을 최고로 극대화하기 위해서 그렇게 말했을 것이다.

팽정이 다른 사람도 아닌 등룡신권에게 강간을 당했다면
더욱 죽고 싶을 것이기 때문이다.

설혹 그렇다고 해도 팽정은 그 사실을 아무에게도 말하지
못할 것이다.

혼자서만 가슴속에 그 사실을 품고서 분노와 절망의 원한
을 삭이며 눈물을 흘릴 터이다.

도무탄은 길가의 숲으로 들어가 평평한 바닥에 독고예상
을 내려놓고 조용한 목소리로 말했다.

"누우시오."

독고예상은 그의 뜻하지 않은 행동에 깜짝 놀라 눈을 커다
랗게 뜨더니 곧 차분한 표정을 지었다.

"알았어."

그러고는 도무탄이 입혀준 팽정의 옷을 벗으려고 했다.

"무슨 짓이오?"

그걸 보고 도무탄이 벌컥 화를 내자 그녀는 어리둥절한 표
정으로 되물었다.

"나를… 갖겠다는 것 아니야?"

"익!"

그는 불끈 화가 치밀어 그녀의 뺨을 때리려고 손을 번쩍 들
었으나 차마 때리지는 못했다.

그녀는 움찔했다가 씁쓸한 미소를 지었다.

"미안해. 내가 오해했어."

"잃은 무공을 회복시키려는 것이오. 잘될지 모르지만 한 번 해봅시다."

"아……."

그녀는 적잖이 놀라 그를 바라보다가 그 자리에 가만히 똑바른 자세로 누웠다.

슥─

도무탄은 그녀의 손목을 잡고서 권혼력을 주입하려다가 하체의 바지 사타구니가 붉게 물든 것을 발견하고 눈살을 찌푸렸다.

그녀는 열 명의 뇌전도수에게 무참하게 강간을 당해서 옥문이 파괴되어 피를 흘리고 있는 것이다.

그러니 무공을 회복하는 것보다는 옥문을 치료하는 것이 우선이라고 생각했다.

뇌전팽가 자봉루를 나오기 전에 급한 대로 사타구니에 두툼한 헝겊을 대주었는데 그게 벌써 다 젖어서 핏물이 밖으로 새 나오기 시작했다.

슥─

"뭐… 하는 거야?"

도무탄이 바지를 벗기려고 하자 독고예상은 놀라서 의아

한 표정을 지었다.

그가 방금 전에는 그녀를 갖지 않겠다고 말했으나 그새 마음이 바뀌었다고 생각했다.

그녀가 어떻게 생각하든 지금의 도무탄은 아무 말도 하지 않았다. 될 수 있으면 그녀하고는 당분간 말을 섞고 싶지 않았다.

그냥 기분이 더러웠다. 독고예상이 그럴 수밖에 없었다는 사실을 다 이해하면서도 자신을 똥구덩이로 밀어 넣은 그녀가 원망스러웠다.

강간이 끝났는데도 그는 아직도 똥구덩이에서 빠져나오지 못하고 허우적거리고 있었다.

팽정이 강간을 당했기 때문에 절망하고 있다면, 그는 강간을 했기에 좌절에 빠졌다. 가해자와 피해자가 똑같이 좌절하다니 얄궂은 세상이다.

온몸이 똥투성이고 악취가 코를 찔렀다. 속은 더했다. 목구멍까지 똥이 차오른 기분이다.

도무탄은 독고예상의 바지를 벗기고 사타구니에 채워둔 헝겊 뭉치를 뽑아 옆에 놔두었다.

독고예상은 옥문과 그 주변이 손도 대지 못할 정도로 쓰리고 아프지만 도무탄이 원하기만 한다면 옥문이 찢어지더라도 보답할 수 있다고 생각했다.

어차피 이제부터 평생 동안은 남자하고는 정사 같은 것 꿈도 꾸지 않을 각오다.

그가 팽정을 강간해 주면 평생 그를 하늘처럼 모시면서 살겠다고 말했었는데 그건 그냥 해본 말이 아니었다.

슥—

도무탄이 그녀의 다리를 넓게 벌렸다. 그녀가 보니까 그는 사타구니 깊은 곳을 뚫어지게 주시하고 있어서 갑자기 얼굴이 뜨거워졌다.

얼굴도 모르는 뇌전도수 열 명에게 짓밟힌 만신창이 몸이거늘, 더구나 두 여동생의 남편, 즉 제부인 도무탄에게는 빚을 갚는다는 생각이나 주종 관계의 의무 같은 것만 있을 줄 알았는데 그녀는 피가 얼굴로 확 몰리는 것을 느꼈다.

이것은 그것과 전혀 다르다. 그녀를 짓밟은 뇌전도수들은 짐승이었지만, 도무탄은 제부, 그녀를 구하려고 단신으로 뇌전팽가에 잠입한 사람이다.

그녀는 뇌전팽가 자봉루 오 층에서 발목에 쇠사슬이 묶인채 잠들어 있는 자신을 구하러 와준 도무탄을 처음 봤을 때느꼈던 폭풍 같은 감동이, 그리고 그녀의 애원에 따라서 그가 팽정을 짓밟아준 것에 대한 고마움과 죄스러움이 모조리 한 덩어리로 뭉뚱그려져서 '은혜'라는 이름으로 탄생하는 것을 생생하게 느꼈다.

'나는 죽을 때까지 무탄에게 은혜를 갚을 거야. 이것은 그 시작이야.'

그렇게 생각하니까 마음이 편해졌다.

슥—

그때 그녀는 도무탄의 손이 자신의 은밀한 부위를 만지는 것을 느끼고 움찔 몸이 오그라들었다.

그가 손바닥으로 옥문을 덮고 두 다리를 더욱 넓게 벌리자 그녀는 움찔 놀랐다.

"아……."

손바닥은 크고 옥문은 작은 탓에 상처 부위 전체를 손바닥으로 덮어서 치료하려는 것이다.

살펴본 결과 옥문 겉, 즉 외음순만이 아니라 질(窒) 내부도 상처가 심했다. 열 명의 뇌전도수가 난폭하게 강간한 흔적이다.

독고예상은 편하게 마음을 먹으려고 애쓰는데 자꾸만 몸이 더 딱딱하게 굳어졌다.

그런데 어찌 된 일인지 잠시가 지나도록 도무탄은 그녀의 옥문에 손바닥을 대고 있을 뿐 아무것도 하지 않고 그대로 가만히 있었다.

그녀는 살짝 눈을 뜨고 그가 뭘 하는지 바라보았다. 그가 지그시 눈을 감고 그녀의 옥문에 손을 댄 채 가만히 있는 것을 보고 이상한 생각이 들었다.

"아······."

그때 그녀는 옥문을 통해서 한 줄기 부드럽고도 음유한 기운이 도도히 체내로 흘러드는 것을 느끼고 부지중 낮은 탄성을 흘렸다.

"무탄, 지금 뭐 하는······."

그녀가 놀라서 중얼거렸으나 도무탄은 대답하지 않았다. 하지만 그녀는 곧 그가 무엇을 하는지 깨달았다. 상처투성이 옥문을 치료하고 있는 것이 분명했다.

'바보 같은······.'

그가 뒤늦게 몸을 요구하는 것이라 여겼는데 그게 아니라 열 명의 짐승에게 짓밟힌 상처를 치료하고 있는 것이라는 사실을 깨닫고 독고예상은 가슴이 뜨거워지면서 눈물이 왈칵 치밀었다.

"어떻소?"

도무탄은 독고예상을 굽어보며 조용히 물었다.

독고예상은 그가 치료를 하는 동안 고통이 점점 사라지는 것을 느꼈으므로 한결 편한 표정으로 눈을 반쯤 감은 상태에서 조용히 대답했다.

"이제 아프지 않아."

도무탄은 순전히 확인하는 차원에서 환부를 자세히 살피면서 여기저기 만져 보았다.

독고예상은 다리를 넓게 벌리고 있는 자세에서 눈을 꼭 감고 입술을 깨물었다.

아무리 치료라고 하지만 이런 자세와 도무탄의 행동은 견디기가 쉽지 않았다.

상처가 제대로 아물었다고 판단한 도무탄은 치료하는 동안 흘린 피를 헝겊으로 닦았다.

"이제 됐소."

소중한 부위와 허벅지가 피투성이라서 닦아준 아무런 의미도 없는 행동이었으나 독고예상은 얼굴이 확 붉어졌다.

"손 치워. 내가 하겠다……."

예전 성깔이 확 튀어나왔다가 그녀 스스로 찔끔해서 얼른 입을 다물고 그의 눈치를 살폈다.

일껏 치료까지 해주었는데도 성깔을 부리는 그녀를 한 대 쥐어박고 싶은 것을 참고, 과연 이번에는 어떻게 나오는지 두고 보자는 심정으로 도무탄은 못 들은 척 묵묵히 피를 닦아주었다.

"내가 한다니까?"

도무탄의 의도를 알아차렸지만 그래도 약이 오른 독고예상은 그를 잡아먹을 듯이 쏘아보았다.

"자. 옷 입읍시다."

다리를 내리고 아직 누워 있는 그녀의 발끝에 바지를 대주는 그를 보며 그녀는 묘한 친밀감을 느꼈다.

그녀의 기억으로는 누가 그녀에게 이렇게 친절하고도 다정하게 대했던 적이 없었다.

아주 어렸을 적에야 부모가 그랬겠지만 그것은 세상의 모든 부모라도 다 해주는 일이므로 특별할 것이 없다.

그것을 제외하곤 자매나 형제는 물론이고 타인까지도 이런 적은 없었다. 그것은 아마도 그녀의 차가운 성격이 원인일 터이다.

그녀가 바지에 다리를 넣자 그는 바지를 끌어 올렸고 그녀는 다시 궁둥이를 들었다.

그녀는 마치 오랫동안 손발이 잘 맞는 부부로 살아온 듯한 기분이 잠깐 가슴을 따뜻하게 적셨다.

그래서 사랑하는 남녀가 이런 훈훈함을 맛보려고 혼인을 하는 것이 아닐까 하는 생각이 들었다.

"갑시다."

도무탄이 일어나자 독고예상은 앉은 채 그를 올려다보며 의아한 표정을 지었다.

"내 무공을 회복시켜 준다고 하지 않았어?"

"회복되지 않았소?"

도무탄이 의아한 듯 묻자 독고예상은 더 의아한 표정을 지었다.

"뭐가?"

"무공 말이오. 회복되지 않은 것이오?"

도무탄이 묻자 그녀는 지금 그가 농담을 하고 있는 것이라고 생각했다. 그가 무공을 회복시켜 주는 것을 본 적이 없기 때문이다.

그러나 그녀는 엉거주춤 일어서면서 그가 매우 진지한 얼굴이고 또 목소리가 농담처럼 들리지 않았다는 사실을 깨닫고 움찔 놀랐다.

"너 정말……."

그녀는 말을 잇지 못했다. 조금 전까지만 해도 무공을 잃고 일어설 기운조차 없었는데, 지금은 온몸에 힘이 넘치고 더없이 상쾌했다.

앉아 있다가 일어서는 짧은 동작 하나만으로도 그 사실을 느낄 수 있다.

"무탄……."

맹세코 그녀는 눈물이 많은 여자가 아니다. 반대로 일평생 눈물이라는 것을 몇 번 흘려본 적이 없었다.

흘렸다고 해도 슬퍼서 울었던 적은 없고 분하고 억울해서 눈물 몇 방울 찔끔 흘렸을 정도였다. 그런 그녀가 오늘 도무

탄을 만나고 나서는 시도 때도 없이 울고 있다. 그리고 지금
또 감격해서 운다.

"대체 언제……."

그녀는 말하다가 무언가를 깨닫고 또다시 말끝을 흐렸다.
도무탄이 손을 썼다면 조금 전에 그녀의 옥문을 치료할 때뿐
이었다. 그렇다면 그때 무공까지 회복시켜 주었던 것이 분명
하다.

옥문 속으로 상쾌한 기운이 쏟아져 들어온 것이 바로 그것
이었던 것이다.

그때 문득 그녀는 자신이 도무탄에게 고맙다는 말을 아직
하지 않았다는 사실을 깨달았다.

그녀는 지금껏 살아오면서 누군가에게 고맙다는 말을 해
본 적이 거의 없었다. 남에게 도움이라는 것을 받아본 일이
없었기 때문이다.

그래서 고맙다는 인사를 하는 것이 매우 생소했다. 더구나
그녀의 모든 것을 속속들이 알고 있는 도무탄에게 해야 하는
것이라서 더욱 어색했다.

그녀가 망설이고 있을 때 도무탄이 뭘 찾는지 주위를 두리
번거리는 것을 보았다.

"뭘 찾는 거야?"

도무탄은 손을 들어보였다.

"손을 씻으려고……."

독고예상은 의아한 표정을 지었다.

"갑자기 손은 왜 씻어?"

도무탄은 손을 코에 대고 냄새를 맡으면서 미간을 잔뜩 찌푸리며 투덜거렸다.

"그럼 처형은 어물전에서 맨손으로 생선을 실컷 주물럭거리고 나서 손을 씻지 않는다는 말이오? 크으… 이 지독한 냄새하고는……."

독고예상은 그 말이 무슨 뜻인지 알아듣고 온몸의 피가 머리로 확 쏠렸다.

"너 이 자식, 오늘 아예 죽여 버릴 거야."

그녀는 이미 숲 저쪽으로 바람처럼 달려가고 있는 도무탄을 죽을힘을 다해서 쫓으며 이를 갈았다.

"이놈 새끼. 도대체 날 뭘로 아는 거야?"

그녀는 도무탄에게 고맙다는 말을 하지 않은 것을 천만다행이라고 생각했다.

第六十六章

죽느냐 사느냐

거리로 달려나온 독고예상은 도무탄이 저만치 거리 한복판에 우뚝 서 있는 것을 발견했다. 그가 거기에 왜 서 있는지 알려고 하지도 않고 날카롭게 외쳤다.

"이 자식! 너 거기 꼼짝 말고 서 있어!"

그녀는 쏜살같이 달려가다가 그제야 도무탄 앞쪽에 그와 마주 보고 서 있는 한 인물을 발견하고 안색이 홱 변해서 그 자리에 멈췄다.

'영능……'

더벅머리에 으스름 그믐달 아래에서도 유난히 빛나는 아

름다운 미모의 소유자다.

독고예상은 절대로 저 얼굴을 잊지 못한다. 부친을 단 일 초식에 쓰러뜨리고 무영칠숙과 무영삼보, 그리고 친족들을 숱하게 죽였던 소름 끼치는 얼굴이다.

저자는 한마디로 태풍이다. 그리고 무영검가 고수들은 한 낱 가랑잎이었다. 그의 옷자락조차 건드리지 못하고 스러져 갔었다.

도무탄은 자신의 전면 열 걸음 앞에 우뚝 서 있는 미청년이 영능이라는 것을 한눈에 알아보았다.

그를 한 번도 본 적이 없지만 느낄 수 있다. 그렇다고 그가 어마어마한 기도를 뿜어낸다거나 사나운 표정을 짓고 있는 것도 아니고 또 소림승처럼 생기지도 않았는데 그를 보는 순 간 그냥 운명처럼 느껴 버렸다.

그가 어떻게 해서 도무탄 자신의 앞에 불쑥 나타났는지에 대해서 궁금해하거나 그에게 묻는 것은 무의미하다는 생각이 들었다.

누군가 독고예상을 구하러 올 것이라 예상하고 줄곧 기다 리고 있었을 수도 있다.

아니면 무공이 뛰어난 영능이 자봉루에서 벌어진 소동을 듣고 왔다가 뇌전팽가를 벗어나는 도무탄을 여기까지 미행했 을 가능성도 있다.

과정이야 어쨌든 간에 영능은 도무탄 앞에 나타났다. 그게 중요하다.

그리고 한 가지 분명한 것은 이제부터 도무탄은 그와 생사를 결하는 싸움을 벌여야 한다는 사실이다. 그에게 걸린 이상 피할 수는 없을 터이다.

도무탄은 영능을 똑바로 주시했다. 도무탄은 키가 매우 큰 편이어서 육 척하고도 반 뼘인데 영능 역시 키가 그와 거의 맞먹었다.

밤바람에 더벅머리가 짧은 풀처럼 산들거리며 긴 두 팔을 늘어뜨리고 있는 모습은 싸움을 앞두었다기보다는 산책을 나왔다가 길을 묻는 사람 때문에 잠시 걸음을 멈춘 듯한 분위기다.

지독하다는 표현이 걸맞을 정도로 잘생긴 청년이다. 머리카락은 마구 헝클어졌으며 평범한 황의 경장을 입었는데도 타고난 허우대와 미모가 감춰지지 않았다.

여북하면 도무탄마저도 그를 보는 순간 적잖이 놀라고 또 가슴이 가볍게 일렁였겠는가.

도무탄은 독고예상을 돌아보았다. 그녀는 저만치 이십여 장쯤 떨어진 곳에 석상처럼 굳은 모습으로 서서 감히 다가올 엄두를 내지 못했다.

도무탄 눈에는 그녀의 얼굴에 드리워진 지독한 공포가 똑똑하게 보였다.

그는 자신이 독고예상을 쳐다보는 동안 영능이 기습을 할 것이라고는 생각하지 않았다.

빈틈을 보이면 누구나 기습을 할 수도 있는데 영능은 그러지 않을 것 같았다.

도무탄은 지금 초강적을 눈앞에 두고 독고예상을 돌아보는 분명한 허점을 드러내고 있다. 그러면서도 영능이 공격하지 않을 것이라고 믿었다. 도대체 그런 믿음이 왜 생겼는지 모를 일이다.

그것은 영능이 최강의 고수만이 지니고 있는 자존심 같은 것을 지녔을 것이기 때문이다.

너 정도는 기습을 하지 않고 정정당당하게 싸워도 충분히 이길 수 있다는 자존심이다.

같은 상황이라도 도무탄은 또 다른 의미에서 영능을 기습하지 않을 터이다.

그의 경우에는 자존심 같은 것이 아니라 그냥 비열해지기 싫어서다.

예전 같았으면 그는 이기기 위해서는 수단과 방법을 가리지 않았을 것이다.

그러나 그동안 무림의 밥을 먹고 손에 피를 충분히 묻혀본 지금은 승리에 급급해서 비열해지는 것이 얼마나 치졸한 짓인지 깨닫게 되었다.

　도무탄이 다시 영능을 쳐다봤을 때 과연 그는 움직이지 않고 그 자리에 묵묵히 서 있었다. 도무탄을 기습하려는 기미 따위는 추호도 보이지 않았다.

　만약 도무탄이 평범한 일류고수와 일대일 대결을 앞두고 있다면 지금의 영능처럼 여유를 보일 것이다. 그렇다면 영능은 도무탄을 자신의 상대가 못 된다고 보고 있는 것이 분명하다.

　도무탄은 기분이 조금 나빠졌으나 다시 독고예상을 돌아보았다. 이번에는 전음을 보내기 위해서다.

　[처형, 내가 저자와 싸우기 시작하면 도망치시오.]

　영능을 발견한 순간 너무 큰 충격을 받은 탓에 석상처럼 굳어서 숨을 멈추고 있던 독고예상은 비로소 숨을 쉬며 눈을 깜빡거렸다.

　그녀는 도무탄이 영능하고 싸우려고 한다는 사실을 짐작하고 머리털이 다 곤두섰다.

　[무탄. 저자가 바로 영능이야. 아버님과 친지들을 무차별 죽인 추살대의 우두머리란 말이야. 무탄은 절대 저자의 상대가 못 돼. 싸우면 안 돼.]

　[알고 있소. 그러나 이 싸움은 피할 수 없소. 처형이 있으면 마음 놓고 싸울 수 없으니까 내 말대로 하시오.]

도무탄은 자신이 영능의 상대가 되지 못한다는 사실을 절감하면서도 독고예상을 위로하자니 기분이 우울해졌다.

[무슨 소리야. 나는 절대로 무탄 혼자 놔두고…….]

[개죽음당하고 싶소?]

"한 가지 경우에 나는 그녀를 죽이지 않겠다."

그런데 그때 갑자기 영능의 조용하지만 또렷한 목소리가 들려서 도무탄과 독고예상은 깜짝 놀랐다.

전음을 나누고 있는 도중에 그가 말을 할 것이라고는 예상하지 못했었다.

도무탄과 독고예상이 동시에 쳐다보자 영능은 표정의 변화 없이 조용히 말을 이었다.

"네가 내가 찾고 있는 등룡신권이라면 나는 오로지 너에게만 볼일이 있으니 그녀를 죽이지 않을 것이다. 만약 그렇지 않다면 너희 둘 다 죽이겠다."

도무탄은 왠지 영능의 손에 목이 세게 움켜잡힌 께름칙한 기분이 들었다.

자신과 독고예상이 전음으로 나눈 대화를 그가 들었을 것 같은 느낌이다.

"우리 대화를 들었느냐?"

영능이 먼저 하대를 하지 않았더라도 도무탄은 그를 존중하고 싶은 마음이 전혀 없었다.

"그렇다."

도무탄은 내심으로 적잖이 놀란 것을 미간을 슬쩍 좁히는 것으로 감추었다.

그 정도에 자신이 놀라는 모습을 영능에게 들키고 싶지 않은 것이다.

어쨌든 자신과 독고예상의 전음을 훔쳐 듣다니, 그런 수법이 존재한다는 얘기를 들은 적조차 없었다.

그것 하나만 봐도 영능은 대단한 존재임이 분명하다. 도무탄은 싸우기도 전부터 조금 기가 죽었으나 그로 인해서 불끈 반발심이 생겼다.

그는 영능을 똑바로 주시하며 전음을 보냈다.

[우리는 자리를 옮기는 것이 좋겠다.]

"내 물음에 대답해라. 너는 등룡신권이냐?"

도무탄은 전음으로 말했으나 영능은 감출 것이 없다는 듯 그냥 육성으로 말했다.

[따라오면 알게 된다.]

도무탄은 말이 끝나기 무섭게 몸을 돌려서 거리를 전력으로 질주하기 시작했다.

그는 영능이 당연히 따라올 것이라고 짐작하기 때문에 구태여 돌아보지 않았다.

대신 크게 놀라는 얼굴로 자신을 쳐다보고 있는 독고예상옆을 빠르게 스쳐 지나면서 전음을 보냈다.

[따라오지 말고 어서 가시오.]

"무탄—!"

그러나 독고예상은 갑자기 신형을 날려서 도무탄을 뒤쫓기 시작했다. 따라오지 말라고 그가 방금 말했으나 귀에 들어오지 않았다.

독고지연이나 은한에게는 도무탄이 남편이지만, 독고예상에겐 남편이 아니다.

그렇다고 은인이거나 주인이라고 생각하는 것은 아니다. 그가 그녀에게 어떤 존재인지 아직 정립되지 않았으나 이대로 보낼 수 없다는 절대로 보내서는 안 된다는 사실 하나는 분명하게 알았다.

쉬이—

여유 있는 경공으로 도무탄을 뒤쫓는 영능이 그녀의 곁을 두 자 거리에서 스쳐 지나갔다. 그는 독고예상에게는 추호도 관심이 없는지 시선조차 주지 않았다.

독고예상은 입에서 단내가 나도록 죽을힘을 다해서 경공술을 펼쳤으나 도무탄과 영능의 모습은 잠깐 사이에 수십 장밖으로 멀어졌다.

그녀는 사력을 다해서 달리며 눈물을 쏟으면서 악에 받쳐서 외쳤다.

"무탄! 이 죽일 놈아! 거기 안 서?"

그녀는 영능이 도무탄을 죽일 것이며, 그래서 다시는 그를 볼 수 없을 것이라고 생각했다.

그런 생각이 들자 더욱 눈물이 쏟아졌으며 달리는 것을 멈출 수가 없었다.

북경성을 벗어난 도무탄은 독고예상을 완전히 떨어뜨렸다는 사실에 적잖이 안도했다.

그래서 그는 그때부터 권혼력을 극한으로 끌어 올려 전력으로 비류행을 전개했다.

할 수만 있으면 영능을 떼어버리고 싶었다. 지금은 객기 따위를 부릴 때가 아니다.

그렇지만 도망치려는 것을 눈에 띄게 행동해서는 안 된다. 그냥 달리는 것처럼 보이면서 도망쳐야 한다.

그렇게 해서 영능이 떨어져 나가면 천만다행이고 그러지 못하면 그저 안타까운 일이다.

인간의 생명이란 그저 아차 하는 순간에 결정이 된다. 어어? 하다가 끌려 들어가면 어느새 죽음으로 치닫고 있는 자신을 발견하고 절망하는데, 그때가 되면 이미 늦는다.

죽어버리면 모든 게 끝장이다. 부귀영화가 무슨 소용이고 목숨을 걸고 사랑하는 여자가 있은들 무슨 상관이랴. 죽어서 수많은 사람이 제사를 지내주고 영웅담을 회자시킨다고 해도 살아 있는 것만 못하다.

죽어버린 영웅보다는 거지꼴을 하고 있어도 필부(匹夫)가 훨씬 낫다는 것이 도무탄의 생각이다.

더구나 이 싸움은 뚜렷한 명분도 없다. 여기에서 죽는다면 그야말로 개죽음이다.

그는 관도에서 벗어나 뒤돌아보지 않고 산을 향해 서쪽으로 방향을 잡고 달렸다.

쉬이이—

북경성 북쪽과 서쪽은 온통 산악지대라서 도주하기에 용이하고 싸움이 벌어지더라도 위험한 상황에서는 산속으로 숨을 수도 있다.

북경성에서 잠시도 쉬지 않고 전력을 다해서 서쪽으로 삼십여 리를 달린 도무탄은 어느덧 묘봉산(妙峰山) 기슭에 이르렀다.

그는 여기까지 오는 동안 한 번도 뒤돌아보지 않았다. 뒤돌아보는 행동만으로도 달리는 속력이 조금이라도 저하될 수가 있다.

또한 만약 영능이 뒤따라오고 있다면 뒤돌아보는 꼬락서니가 우스울 수도 있기 때문이다.

도무탄은 녹상에게 비류행을 배운 이후 지금처럼 전력을 다해서 달린 적이 없었으나 지금은 그야말로 젖 먹던 힘을 다 쏟아내고 있다.

그렇기 때문에 물론 속도 역시 그가 한 번도 경험해 본 적이 없는 빠르기다.

여기까지 달려오는 동안 뒤쪽에서는 아무런 기척도 흘러나오지 않았었다.

옷자락 펄럭이는 소리든지 일말의 파공음은 물론이고 숨소리마저도 감지하지 못했었다.

그것만 보자면 따라오던 영능이 중간에서 뚝 떨어져 나간 것이 분명했다.

하긴 제아무리 영능이라고 해도 도무탄이 비류행을 그 정도로 사력을 다해서 전개했으니 떨어져 나간다고 해도 이상한 일이 아닐 터이다.

도무탄은 그래도 아직 뒤돌아보지 않았다. 묘봉산 산속으로 들어간 이후에 돌아봐도 늦지 않다는 생각이다.

"어디까지 가려는 것이냐?"

'억?'

그런데 그때 뒤에서 느닷없이 들려오는 영능의 목소리에 도무탄은 심장이 콩알만큼 오그라들었다. 얼마나 놀랐는지 하마터면 입 밖으로 외침을 터뜨릴 뻔했다.

이제쯤 영능이 떨어져 나갔을 것이라고 절반 이상은 안도하고 있었던 데다가 바로 등 뒤에서 목소리가 들려왔으므로 도무탄 아니라 어느 누구라도 놀라지 않을 사람이 없을 것이다.

그리고 도무탄은 자신의 의지하고는 상관없이 반사적으로 고개를 돌려서 뒤돌아보았다.

'이런 제기랄······.'

그리고는 자신의 다섯 걸음 뒤에서 영능이 추호도 힘들지 않은 표정으로 느긋하게 따라오고 있는 모습을 발견하고 망연자실해 버렸다.

다섯 걸음이라니, 그 정도 가까운 거리라면 영능이 언제라도 기습을 할 수 있었을 것이다.

그런데도 그는 아무 짓도 하지 않고 줄곧 조용히 따라오기만 했다.

말하자면 그것은 자신감이 넘친다는 뜻인데 그것 때문에 도무탄은 괜스레 상대적인 박탈감 같은 것을 맛보고 기분이 아주 더러워졌다.

"싸우기 좋은 곳이 있다. 그곳으로 가려는 것이다."

도무탄은 자신이 대충 꾸며낸 그 말이 억지스러운지 아닌지 반추해 볼 겨를이 없을 정도로 당황했다.

도무탄은 그러고서도 이각이나 더 산속으로 깊숙이 들어가서야 비로소 멈추었다.

　그냥 아무데서나 싸우면 되는 것이지 싸우는데 무슨 좋은 곳 나쁜 곳이 있겠는가.

　그런데도 도무탄은 묘봉산을 이리저리 누볐으며 마땅한 장소를 찾지 못하고 결국은 묘봉산 서남쪽에 맞붙어 있기는 하지만 만리장성을 넘기까지 해서 영산(靈山)에서 적당한 장소를 찾아냈다.

　그곳은 영산의 여러 봉우리 중에서 하나로써 산봉우리 꼭대기가 꽤 넓고 평평한 장소이며, 여기저기에 커다란 바위가 수십 개 흩어져 있으며 드문드문 낙락장송이 기기묘묘한 모습으로 자라고 있다.

　그곳의 남쪽 봉우리 아래는 백여 장 이상의 깊이이며 바닥에는 강물이 휘돌아서 흐르고, 북쪽은 가파른 급경사인데 잡목이 우거지고 들쭉날쭉한 계곡이 많아서 여차하면 그쪽으로 튈 계산을 했다.

　"아직 더 둘러봐야 하느냐?"

　도무탄이 산봉우리의 이곳저곳을 기웃거리면서 살피는 것을 보면서 영능이 말했다.

　영능은 원래부터 무던한 성격인지 아니면 또 다른 이유가 있는 것인지 도무탄이 하자는 대로 다 따라주면서 묵묵히 기다렸다.

"다 됐다,"

도무탄은 한가운데 서 있는 영능에게 천천히 걸어가면서 이제부터 어떻게 싸울 것인지 염두를 굴렸다.

"누가 죽든지 뼈를 묻기에는 좋은 곳이로군."

그는 짐짓 자신이 싸울 장소를 찾으려고 돌아다녔던 것에 대해서 궁색한 변명을 하며 영능의 열 걸음 앞에 당당한 자세로 멈추었다.

"네가 등룡신권이냐?"

영능이 아까 북경성 거리에서 물었던 것을 다시 묻는데 표정의 변화가 없다.

"그렇다."

도무탄이 고개를 끄떡이자 영능은 턱을 슬쩍 치며들며 그의 얼굴을 가리켰다.

"네가 등룡신권이라면 내가 알고 있는 얼굴하고는 많이 다르다."

"역용을 했다."

"역용? 그게 뭐냐?"

도무탄은 영능이 강호 경험이라곤 없는 신출내기라는 사실을 깨달았다.

"변장을 했다는 것이다."

"그렇다면 진면목을 보여라."

도무탄은 눈살을 찌푸렸다.

"꼭 그래야만 하느냐?"

역용을 지우려면 특수한 액(液)으로 닦아내거나 아니면 세수를 해야 하는데 귀찮았다.

영능은 엄숙한 표정으로 요구했다.

"사부님들의 원수를 갚는 마당에 원수의 진면목을 보지 못한데서야 말이 되겠느냐?"

사부님들의 원수라는 말에 도무탄은 더럭 의아한 생각이 들었다.

"너는 무각이나 소림사로의 제자였느냐?"

도무탄은 일전에 소림사에 혼자 쳐들어갔을 때 소림장문인 무각선사와 네 명의 장로 소림사로를 모조리 죽였던 적이 있었다.

영능의 얼굴이 조금 굳어졌다.

"그들은 내 사형이다."

"사형?"

도무탄은 문득 영능이 소림사의 두 태선승인 무아선사와 무무선사의 공동제자라는 사실을 기억해 냈다.

무각선사와 소림사로는 무아선사와 무무선사의 제자들이었으니까 영능하고는 사형제지간이 맞다.

영능이 젊기는 하지만 소림사에서의 배분은 최고 수준이다. 그러나 소림장문인과 소림사로들이 '각' 자 항렬인데 영능은 '각' 자를 사용하지 않는 것이 조금 이상했다.

그런데 도무탄은 어이없는 생각이 들었다.

"나는 네 사부들의 얼굴도 본 적이 없는데 어째서 내가 사부들의 원수라는 것이냐?"

"사부님들께선 너 때문에 돌아가셨다."

"나 때문에?"

"그렇다. 사부님들께선 네가 워낙 고강하기 때문에 널 상대하려면 심후한 공력이 필요하다면서 당신들의 공력을 내게 모조리 주입해 주시고 돌아가셨다."

"……"

도무탄은 너무 놀라서 말문이 막혔다. 그로서는 일면식도 없는 두 명의 태선승이고 또 그들을 죽이기는커녕 싸운 적도 없었다.

그러나 엄밀하게 논한다면 그들이 도무탄 때문에 죽었다는 것은 맞는 말이다.

도무탄이 소림사의 적이기 때문에, 영능이 그를 죽일 수 있도록 두 태선승이 목숨을 버려가면서까지 자신들의 본신진기를 영능에게 주입했으니 간접 살인을 한 셈이다. 도무탄이 모르는 사이에 원한 관계가 성립된 것이다.

도무탄은 씁쓸한 기분이 되었다. 일이 이쯤 되면 영능은 무조건 도무탄을 죽이려고 할 것이다. 사부의 원수는 불공대천지수(不共戴天之讎), 즉 같이 하늘을 이고 서 있을 수 없다고 하지 않는가.

빠져나갈 구멍이라곤 전혀 없다. 이제부터는 외길 싸울 수밖에 없다.

"역용이라는 것을 지워라."

영능은 명령하듯이 말했다.

도무탄은 그의 말에 순종하는 것이 아니라 역용을 지우는 것도 나쁘지 않다는 생각이 들었다.

"물이 필요하다."

영능은 역용을 지우는 데 물이 필요하다는 말을 전혀 의심하지 않았다.

그는 그 자리에 서서 잠시 주위를 두리번거리다가 남쪽을 가리키며 먼저 그곳으로 걸어갔다.

"저쪽에 계류가 있다."

도무탄은 천천히 그를 따라가면서 고개를 갸웃거렸다. 그는 물소리를 전혀 듣지 못했기 때문이다. 영능은 서둘지 않았으며 도무탄으로서도 서둘 이유가 없다.

산봉우리의 남쪽은 그리 험하지 않은 완만한 언덕이며 영능은 훌쩍 신형을 날려 그 아래로 쏘아갔고 도무탄은 그 뒤를 따랐다.

도무탄은 아까 이곳으로 올 때에는 어떻게 해서든 영능을 떨쳐 버리려고 애썼는데 지금은 생각이 바뀌었다.

한 번 싸워보고 싶은 생각이 들었다. 아까 비열해지고 싶지 않다는 마음을 먹었을 때하고 같은 심정이다.

이왕지사 무림에 발을 디뎌놓은 마당이니까 무림 최고의 반열에 올라 있는 소림사의 두 태선승의 공동제자인 영능이 얼마나 고강한지 한 번 견식해 보고 싶다는 투지와 호승심이 솟구쳤다.

그도 이제는 주먹과 칼에 목숨을 거는 어엿한 무림인이 된 것이다.

과연 언덕 맨 아래 계곡에는 맑고 작은 계류가 흐르고 있었다. 두 사람이 있었던 정상에서 무려 사백여 장이나 되는 거리다.

도무탄은 그 정도 거리에서 잔잔하게 흐르는 계류 소리를 듣지 못했지만 영능은 어렵지 않게 감지했다. 그래서 도무탄의 마음은 점점 더 무거워졌다.

도무탄은 그곳에서 붙였던 수염을 떼어내고 말끔하게 세수를 해서 역용을 지워냈다.

영능은 열 걸음 떨어진 곳에서 뒷짐을 지고 도무탄이 다 씻도록 묵묵히 기다렸다.

굉장한 초절고수들이 일대일 대결을 앞둔 상황에서 너무 조용했다. 이른바 폭풍전야다.

계류 가는 자갈밭이 길게 펼쳐져 있어서 싸우기에 적당한 장소인 듯했지만 도무탄은 부득부득 다시 산봉우리로 올라갔다.

싸울 땐 싸우더라도 불리해지면 달아날 도주로는 확보해야 한다는 생각이다.

이윽고 두 사람은 열 걸음 거리를 두고 마주섰다. 산정의 세찬 바람이 두 사람의 옷자락을 펄럭였다. 이들은 북경성에서 이곳까지 오십여 리를 달려왔지만 호흡조차 거칠어지지 않았다.

싸울 각오를 한 도무탄은 영능을 똑바로 주시했다.

"만약 이 싸움에서 나를 죽이게 된다면 그다음에 너는 어떻게 할 생각이냐?"

도무탄은 영능의 행보가 궁금했다. 그가 단지 자신을 죽이려고 무림에 나온 것인지 또 다른 목적이 있는지 싸우기 전에 알아내는 것도 나쁘지 않았다.

그의 다음 행보에 따라서 도무탄이 지금 이곳에서 어떻게 할 것이냐 하는 것도 결정이 된다.

영능은 표정의 변화 없이 조용히 대답했다.

"너를 죽여서 권혼을 회수하고 나면 아마 나는 본사의 장문인으로 추대될 것이다. 그다음에는 만천하에 불법(佛法)을 전파할 생각이다."

도무탄의 입가에 슬쩍 비웃음이 매달렸다.

"불법이란, 지금까지 소림사가 걸어온 길을 답습하겠다는 뜻이냐?"

"그렇다."

도무탄은 얼굴을 찌푸렸다.

"너희 소림사라는 존재는……."

그는 소림사의 만행에 대해서 말하려다가 얘기가 길어질 것 같고 또 부질없다는 생각에 그만두었다. 개에게 염불을 읊으면 무슨 소용이겠는가.

도무탄은 고개를 끄떡였다.

"자, 이제 우린 싸우도록 하자."

"그러지."

두 사람은 생사를 결하는 싸움을 마치 바둑 한판 두자는 식으로 대수롭지 않게 말한다.

이번 싸움에서 도무탄은 실전에서 처음 시도하는 것, 즉 권혼강공법의 위험한 소구결을 빼놓고 운공하여 권혼신강을 끌어 올렸다.

그것이 현재 그에게서 가장 강력한 무공이다. 물론 마인으로 변하지 않고 맨 정신으로 말이다.

소구결을 포함한 권혼강공법을 운공하여 권혼신강을 발휘하면 영능을 이길 수도 있을 것이다.

그러나 한 가지 아쉬운 것은 영능이 얼마나 고강한지 알 수 없게 된다는 사실이다.

그래서 소구결을 제외한 권혼신강을 최초의 공격 무기로 삼으려는 것이다.

영능이 이것을 부순다면 그는 분광신도 염중기보다 훨씬 고강하다고 할 수 있다.

영능은 아까부터 도무탄을 뚫어지게 주시하고 있다가 비로소 입을 열었다.

"너는 내가 줄곧 생각했던 것처럼 악인 같지는 않구나."

도무탄은 실소를 지었다.

"내가 악인이라고 누가 그러더냐?"

"나는 무림에 나온 지 사십 일쯤 되었으나 너 같은 사람은 처음 만난다."

영능은 도무탄의 질문을 묵살하고 제 할 말만 했다.

"나는 예전에 모르고 있던 내 능력 한 가지를 새롭게 알게 되었다. 그것은 사람을 한 번 보면 어떤 사람인지 즉시 알 수 있다는 사실이다."

그게 지금 이 싸움하고 무슨 관계가 있는지 모르겠지만 그는 매우 진지하게 말했다.

"나는 젖먹이 때부터 두 사부님 손에서만 자랐으며 이번에 세상에 처음 나왔다."

도무탄은 영능이 이십 대 중반쯤 돼 보인다고 생각했다. 젖먹이 때 소림사에 들어갔다가 이십오륙 세 즈음에 처음 세상에 나온 사람의 심정이라는 것은 과연 어떨까 하고 잠시 생각해 보았으나 쉽게 상상이 되지 않았다.

그러나 한 가지 분명한 것은 영능이 이십오륙 년 동안 두 명의 태선승하고만 생활했으면 그가 살았던 그곳이 그의 세계 전부였을 테고, 두 태선승이 부모보다 더 각별한 존재였을 것이다.

"나는 지난 사십 일 동안 수많은 사람을 만났는데 내가 그들을 처음 봤을 때 간파한 첫 느낌은 나중에 그들의 심성하고 정확하게 일치했었다."

말하자면 그의 사람을 보는 눈이 정확하다는 것이다. 이를테면 심미안(審美眼) 같은 것이다.

도무탄은 그의 말을 끊지 않고 들어보기로 했다.

"예를 들면 내가 봤을 때 독고우현은 의인(義人)이고 팽기둔은 잡인(雜人)이다."

"호오… 그런데 너는 독고우현을 죽였지 않느냐?"

도무탄은 영능의 입에서 그런 말이 나올지 예상하지 못했기에 그렇게 묻지 않고는 견딜 수 없었다.

영능은 표정의 변화 없이 대답했다.

"의인은 살아야 하고 잡인이나 악인은 죽어야 한다고 누가 그러더냐?"

"어… 그게……."

도무탄은 영능의 얼토당토않은 대답에 갑자기 머리가 혼란스러워져서 대답이 궁해졌다.

영능이 소림 최고의 고승인 무아선사나 무무선사에게 교육을 받았다면 선악을 구별하는 것은 기본일 것이라고 생각했기 때문이다.

세상에서는 코흘리개조차도 다 할 줄 아는 선악구별을 설마 그는 하지 못한다는 말인가.

사실 영능은 무아선사와 무무선사에게 학문이나 불법, 심신의 수양에 대해서는 단 한 번도 배운 적이 없었다. 그가 두 선사에게 배운 것은 오로지 무공 그것도 소림사 최고의 절학들뿐이었다.

두 태선승은 어떤 뚜렷한 목적을 갖고 영능을 자식이나 손자처럼 키운 것이 아니었다.

처음에 어린 영능은 순전히 자신들의 무료함을 달래줄 도구에 불과했었다.

그랬었는데 무공을 가르치면 가르칠수록 영능이 놀라운

발전을 보이니까 점점 욕심이 생겨서 소림사의 절학들을 이 것저것 다 가르쳤던 것이다.

"나는 그동안 수백 명의 사람을 봐왔으나 너 같은 종류는 처음이라는 것이다."

"네가 보기에 나는 어떤 인간인 것 같으냐?"

영능은 잠시 생각하는 것 같더니 짧게 대답했다.

"나와 비슷한 인간인 것 같다."

"너는 어떤 인간인데?"

영능은 거침없이 대답했다.

"신인(神人)."

"허어……."

도무탄은 어이가 없어서 말문이 막혔다. '신인' 이라니, 신과 동격인 인간이라는 뜻이 아닌가.

"천하에 신인은 한 명뿐이어야 한다."

영능은 비로소 결론을 내렸다.

도무탄은 영능의 마지막 중얼거림의 뜻을 깨닫는 순간 위험하다고 판단하여 두 손에 권혼신강을 극한으로 주입하고 먼저 영능에게 짓쳐갔다.

타앗!

그러나 곧장 쏘아가지 않았다. 영능이 공격할 것이라 예상하고 곧장 쏘아가다가 갑자기 왼쪽으로 확 꺾어지면서 오른

손으로 권혼신강을 뿜어냈다.

콰우웃!

그 어느 때보다도 강력한 음향이 터졌다. 강력한 음향은 그만큼 강력한 권혼신강을 뿜어낸다.

도무탄은 권혼신강을 뿜어내면서 영능이 피하지 못한다면 죽거나 최소한 중상을 입을 것이라고 예상했다.

영능은 피하지 못했다. 아니, 도무탄이 보기에 그는 일부러 피하지 않은 것 같았다.

전혀 동요하지 않은 태연한 얼굴로 도무탄을 힐끗 쳐다보는 것이 그 증거다.

그러더니 영능은 도무탄을 쳐다보는 것과 동시에 그를 향해 한 손을 불쑥 내밀었다.

도무탄처럼 공격을 하기 위해서 잔뜩 팔에 힘을 주지도 않았으며 그저 옷에 묻은 먼지를 털어내듯이 무심할 정도로 간단한 동작이다.

도무탄은 권혼신강의 짙은 핏빛 광채가 거의 영능의 옆구리에 이른 상황이기 때문에 영능의 행동은 무의미한 헛수고라고 생각했다.

쩌렁!

영능이 손바닥을 펼쳐서 뻗은 두 자 앞에서 벼락이 치는 듯한 굉음이 터질 때까지도 도무탄은 이번 격돌에서 영능이 낭패를 당할 것이라고 굳게 믿었다.

그가 제아무리 신인의 반열에 오른 초절고수라고 해도 자신의 몸 가까이에서 격돌하면 손해를 볼 수밖에 없다.

퍽!

"커흑!"

그런데 다음 순간 도무탄은 오른 손바닥이 갈가리 찢어지고 오른팔이 조각나듯이 부서지는 충격과 고통을 받으며 신음을 터뜨렸다.

그리고는 가랑잎처럼 가벼우면서도 화살처럼 빠르게 뒤로 튕겨 날아갔다.

'이럴 수가……'

그는 입에서 왈칵 핏덩이를 토하면서 정신이 아득해지며 믿을 수 없다는 듯 내심 중얼거렸다.

온몸이 찢어지는 고통을 느끼며 날아가면서도 영능이 어떻게 됐는지 너무 궁금해서 가까스로 고개를 들고 쳐다보다가 더욱 어이없는 표정을 지었다.

영능은 어깨를 흔들면서 뒤로 몇 걸음 물러나다가 도무탄이 지켜보는 중에 멈추고 있었다.

선공을 한 도무탄은 엄중한 충격을 받은 상태에서 볼썽사납게 허공을 날아가고 있는데, 불과 두 자 거리에서 권혼신강을 맞받아서 친 영능은 기껏해야 몇 걸음 물러나는 것으로 끝이다.

단 일 초식의 교환만으로 승패가 확 갈렸다. 이건 싸워보나 마나 한 싸움이다.

바둑으로 치자면 이미 대마(大馬)가 죽어버렸다. 그러므로 이 싸움을 계속한다는 것은 미친 짓이다.

영능은 염중기보다 최소한 한 수 위의 고수가 분명하다. 그런 고수를 초절고수라고 부르든 극강고수라고 부르든 관심이 없다.

도무탄은 염중기에게 권혼강공법 소구결을 포함하여 권혼신강을 발휘해서야 이길 수 있었다. 진짜 실력으로 하면 염중기에게도 패하고 말았을 것이다.

그렇다면 영능을 이기려면, 아니, 최소한 죽지 않으려면 권혼강공법 소구결을 운공하여 권혼신강을 만들어내야, 즉 마인이 돼야지만 이길 수 있다는 결론이다.

만약 지금처럼 싸운다면 열 번 싸우면 열 번 다 낭패를 당할 터이다. 아니, 열 번까지 가기도 전에 죽음을 당할 수도 있다.

그렇지만 도무탄은 자신이 이처럼 무기력하다는 사실을 인정할 수가 없었다.

또한 매번 위기가 닥칠 때마다 마인이 돼야 한다는 사실이 싫었다. 언제까지 그 짓을 계속할 수는 없다.

그나마 다행인 것은 그는 전력으로 권혼신강을 발출한 것에 반해서 영능은 그저 가볍게 반격을 했기 때문에 충격이 그리 크지 않았다는 사실이다.

설혹 소구결의 권혼신강을 사용하더라도 지금은 때가 아니라고 판단했다.

재빨리 운공을 해보니까 팔과 가슴이 뻐근할 뿐 중상을 입은 것 같지는 않았다.

이 정도면 다시 한 번 영능에게 부딪쳐 볼 만하다. 물론 이번에는 방법을 달리해야만 한다.

탓!

뒤로 누워서 날아가던 그는 땅으로 뛰어내려 발끝으로 땅을 힘껏 박차고 영능을 향해 무서운 속도로 덮쳐 갔다.

슈욱!

소구결을 제외한 권혼신강을 비롯하여 자신의 모든 수법을 총동원해서 사력을 다해 싸워볼 각오다.

영능은 처음 싸움을 시작할 때처럼 우뚝 서서 아무런 행동도 취하지 않았다.

그는 방금 한 번의 격돌로 도무탄이 대단한 존재가 아니라고 판단했을 터이다. 그것이 오히려 도무탄에게는 이득으로 작용을 해줄 것이다.

어쨌든 영능의 그런 모습이 도무탄을 더욱 자극했으나 그는 흥분하지 않으려고 애썼다.

녹상이 가르쳐 준 경공술 비류행에는 직진으로 달리는 기술 주행(走行)만 있는 것이 아니다.

두 가지 수법이 더 있으며 하나는 허공을 자유자재로 날아다니는 비행(飛行)이다.

몸을 구부렸다가 펴고 허리를 비틀며 뒤집는 동작으로 허공에서 이동하는 상승 수법이다.

그리고 마지막 하나는 유행(流行)인데 신투인 녹향과 녹상 부녀가 자랑하는 수법이다.

녹상이 분신술(分身術)이라고 자랑을 하던 수법으로, 실제 그녀가 시범을 보였을 때 도무탄은 정말 그녀가 말로만 듣던 분신술을 전개하는 줄 알았었다.

도무탄은 지금까지 비류행을 다 익히기는 했으나 달릴 때만 사용했기 때문에 다른 두 가지 비행과 유행은 전혀 신경을 쓰지 않았었다.

이제야 생각하는 것이지만 만약 염중기하고 싸웠을 때 비류행을 적절하게 전개했더라면 또 다른 결과가 나왔을지도 모르는 일이다.

어쨌든 지금은 한 번도 사용하지 않았던 비행과 유행을 최대한 발휘해야 할 때다.

第六十七章

생사혈전(生死血戰)

주행으로 쏘아가던 도무탄은 중도에 몸을 슬쩍 띄워 비행을 전개했다.

슈우우―

실전에서는 최초로 전개하는 비행이지만 한 번 익힌 것은 절대 잊어버리지 않으므로 조금 어색하긴 해도 제대로 전개됐다.

이럴 줄 알았으면 평소에 비류행의 비행과 유행을 더욱 열심히 연마하는 것인데 아쉽다. 하지만 이제 와서 후회해도 소용이 없다.

그는 싸울 때에는 경공술보다는 무공의 능력이 승패를 가른다고 생각했었다.

영능을 향해서 똑바로 무서운 속도로 질주하던 그는 권혼력을 일으켜서 몸을 깃털처럼 가볍게 만들어 발끝으로 살짝 지면을 박차고 허공으로 비스듬히 낮게 떠오르면서 아주 조금씩 치솟았다.

비행이나 유행의 또 다른 장점은 일단 전개를 시작하게 되면 공력이 최소로 사용되기 때문에 싸우는 데에는 거의 지장이 없다는 사실이다.

영능은 삼 장 전면으로 쇄도하고 있는 도무탄이 허공으로 비스듬히 날아오르는 것을 물끄러미 지켜보기만 할 뿐 아무런 행동도 취하지 않았다.

그것은 도무탄이 처음 공격을 할 때와 별반 다르지 않은 모습이기 때문일 것이다.

거기까지는 도무탄이 처음에 영능에게 보여주었던 것과 별로 다르지 않았다.

그래서 그는 도무탄이 처음과 똑같은 공격을 할 것이라고 예상할 터이다.

그렇다면 영능의 반격 역시 처음과 같을 것이다. 그렇다면 도무탄에게 승산이 있다.

도무탄은 그것을 노려 두 번째에도 처음과 똑같은 공격 경로를 선택한 것처럼 보이게 했다. 지금까지는 먹혀들고 있으며 곧 성공 여부가 드러날 것이다.

쿠앗!

그는 몸을 똑바로 눕힌 자세에서 삼 장까지 쇄도하고 있을 때 영능에게 똑바로 쏘아가며 오른 주먹으로 권혼신강을 발출했다.

그와 동시에 영능이 아까처럼 오른손을 들어서 먼지를 털어내듯이 슬쩍 손목을 뒤집는 것이 보였다.

조금 다른 것이 있다면 첫 반격 때보다 동작이 더욱 분명해졌다는 것이다.

그것은 더 많은 공력이 실린 반격이라는 뜻일 게다. 이번에는 아예 도무탄의 숨통을 끊어놓거나 일어서지 못하도록 만들겠다는 뜻이다.

'걸렸다.'

순간 도무탄은 쏘아가던 속도를 유지한 상태의 허공중에서 번개같이 오른쪽으로 몸을 굴렸다.

워낙 빠르게 굴렸기 때문에 단지 번뜩이는 사이에 석 자나 이동하여 영능의 왼쪽 측면 일 장 반 거리까지 접근할 수 있었다.

실제로 그는 허공에서 몸을 굴렸으나 겉으로는 슬쩍 한 번 몸을 뒤집는 찰나 그 위치로 이동한 것처럼 보였다.

동작은 작게 하고 결과는 크게 나타나는 것이 바로 비행의
장점이다.

물론 그가 위치를 이동함에 따라서 방금 발출했던 권혼신
강은 흔적도 없이 사라졌다. 그것은 영능을 기만하기 위한 허
초(虛招)였다.

영능은 손목을 뒤집어서 반격을 했는데 그것은 도무탄이
처음 공격해 가던 위치를 향해 뿜어지고 있었다.

쿠앗!

도무탄은 새로운 위치로 이동하자마자 재차 영능의 옆구
리를 향해 권혼신강을 전력으로 발출했다.

영능은 흠칫 가볍게 놀라면서 급히 도무탄을 쳐다보았다.
그것이 실수다.

그는 도무탄을 쳐다보기보다는 무조건 피하거나 반격을
가했어야만 했다.

그의 얼굴이 물결처럼 크게 흔들렸다. 도무탄이 두 번째로
공격해 오는 것을 보고 처음과 똑같을 것이라고만 여긴 것이
실수라는 사실을 깨달은 것이다.

그리고 영능은 도무탄이 절대 자신의 적수가 되지 못한다
고 지레짐작을 했었다.

그는 무적일 정도로 초절, 아니, 극강고수지만 강호에서의
싸움 경험이 적다는 것, 그리고 상대를 지나치게 과소평가하

는 우를 범하고 말았다.

도무탄의 권혼신강이 발출되고 나서야 영능은 그쪽을 쳐다보다가 쳐다보는 것보다는 피하는 것이 우선이라는 사실을 깨달았다.

지금 상황에서는 첫 공격 때처럼 반격을 하는 것은 당연히 늦고 만다.

그래서 영능은 생각하기보다는 거의 반사적으로 순간이동을 하듯이 뒤로 미끄러져 갔다. 물에 떠 있는 가랑잎을 손으로 잡으려고 하면 가랑잎이 물결에 의해서 뒤로 밀리는 것 같은 움직임이다.

뻑!

"흑!"

그러나 그의 행동이 아무리 빠르기로서니 권혼신강보다 빠를 수는 없다.

그는 왼쪽 가슴과 어깨의 경계 부위에 핏빛 섬광을 강타당하고 몸이 팽그르르 회전했다.

쇠를 뚫는 권혼신강에 적중되었으니 그것으로 그는 최소한 그 부위가 으스러졌을 것이다.

그 부위에는 장기나 내장이 없지만 그렇더라도 뼈가 부러지고 그것에 따르는 고통이 그를 굼뜨게 만들 것이라고 도무탄은 판단했다.

그것을 절대로 놓칠 리 없는 도무탄이다. 그는 또 다른 비행의 수법으로 개구리가 잔뜩 몸을 움츠리고 다리를 구부렸다가 도약하는 것처럼 허공중에서 펄쩍 한 번 도약하는 것으로 영능의 머리 위를 날아 넘어서 뒤쪽 두 자 근처까지 찰나지간에 접근했다.

비류행은 정통 경공술은 아니지만 실전에서는 발군의 능력을 발휘하고 있다.

정통이면 어떻고 아니면 어떠랴. 꿩 잡는 게 매라고 했다. 무조건 싸움에서 이기면 된다.

이것 역시 그가 몸을 움츠리는 동작이 워낙 빨라서 보이지 않고 단지 한 차례 꿈틀거리는 순간에 일 장 이상 이동한 것처럼 보였다.

도무탄은 왼쪽 어깨를 강타당하고 몸이 팽이처럼 팽그르르 돌고 있는 영능의 머리를 겨냥하여 천쇄 네 개의 세분 중에서 가장 강력한 강인을 뿜어냈다.

휘이잉!

원거리에서는 권혼신강이지만 근거리에서는 강인이 더 정확하고 강력하다.

영능은 중심이 무너진 기우뚱한 자세에서 도무탄의 오른주먹이 자신의 얼굴을 향해 무시무시하게 뻗어오는 것을 발견하고 그 상황에서 취할 수 있는 단 한 가지 방법, 아니, 그의 머릿속에서 섬광처럼 떠오르는 방법, 즉 상체를 뒤로 벌러덩 자빠뜨렸다.

그러나 그게 전부가 아니다. 그 정도가 전부라면 결코 영능이 아니다.

그는 상체가 뒤로 자빠지면서 지렛대처럼 왼발에 공력을 실어 도무탄을 걸어찼다.

지금 같은 상황에서는 겨냥하고 자시고 할 겨를이 없다. 그저 도무탄의 몸 아무 데나 맞으라고 다급한 대로 뻗어낸 것이다.

지금은 그가 무림에 나온 이후, 아니, 태어나서 최초로 맞이하는 위기 상황이다.

쩍!

픽!

"큭!"

"억!"

두 개의 둔탁한 음향과 두 마디의 답답한 신음이 거의 동시에 터졌다.

도무탄은 오른쪽 옆구리를 걸어차이고 영능은 귀 위쪽 옆머리를 비껴서 맞았다.

도무탄은 쏜살같이 날아가서 땅바닥에 패대기쳐졌고, 영능은 몸이 허공에 붕 떠서 한 바퀴 회전한 다음에 팽이처럼 돌며 땅에 떨어졌다.

"끄으으… 우라질……."

도무탄은 옆구리를 제대로 오지게 걷어차였는지 도무지 숨을 쉴 수가 없어서 욕설이 저절로 나왔다.

도대체 내장이 죄다 터져 버린 것 같은 고통이 지독하게 엄습해서 그는 땅바닥에서 일어나지 못하고 꿈틀거리며 숨을 헐떡거렸다.

그는 그런 상황에서도 본능적으로 영능 쪽을 보는 것을 잊지 않았다.

그가 지금 어떻게 하고 있느냐에 따라서 다음 동작을 취해야 하기 때문이다.

그런데 예상했던 것하고는 다르게 영능이 쓰러지지 않고 서 있는 것을 발견하고 도무탄은 걷어차인 옆구리 부위가 더 아파졌다.

하지만 다시 한 번 영능을 자세히 보니까 그는 비단 쓰러지지 않았을 뿐이지 술에 만취한 사람처럼 비틀거리는 행동과 모습으로 봐선 심각한 충격을 받은 것이 분명했다.

그러면 그렇지. 아무리 설맞았다고 해도 천신권격 천쇄의 강인이다.

더구나 한 자 거리에서 강인의 강기에 비껴 맞았으니 모르긴 해도 머리 껍질이 다 벗겨지고 머릿속 뇌도 충격을 받았을 터이다.

영능은 두 손으로 얼굴 특히 적중을 당한 오른쪽 옆머리 쪽을 부여잡고 있었다.

"크으으……."

짓이기는 듯한 신음 소리는 내는데 손가락 사이로 피가 흘렀으며 귀와 얼굴, 턱, 상체가 붉게 물들어서 보기에 매우 끔찍했다.

'저놈은 머리를 다쳤다!'

도무탄은 천쇄의 강인이 영능의 옆머리를 비껴서 맞은 것을 알고 있다.

그래서 두 번째 공격이 실패했다고 생각했었는데 지금 보니까 그게 아니다.

머리는 신체의 다른 부위하고는 근본적으로 다르다. 가슴이나 등짝, 어깨, 옆구리는 신체 구조상 웬만한 충격은 견딜 수 있지만, 머리는 매우 취약한 부위라서 슬쩍 맞기만 해도 충격이 대단하다.

신체 중에서 중요한 부위는 여럿이지만 그중에서 머리가 으뜸이다.

머릿속에는 신체를 제어하고 총괄하는 기관인 뇌가 가득 들어차 있으며 그걸 감싸고 있는 머리뼈라는 것은 허약하기 짝이 없어서 돌에 부딪쳐도 깨지기 일쑤다. 하물며 천쇄의 강인이랴.

설혹 머리뼈가 깨지지 않았다고 해도 뇌가 울리면 한동안 멍하고 정신이 없다.

'저놈은 지금 충격을 받고 제정신이 아니다. 그러니 무조건 당장 공격해야 한다.'

도무탄은 힘겹게 손으로 땅을 짚고 일어섰다. 온몸이 다 부서져서 가루가 되는 것 같았고 목구멍에서 울컥 하고 핏덩이가 솟아오르는 것을 꿀꺽 삼켰다.

'끙…….'

입 밖으로 신음 소리가 나오려는 것을 어금니를 악물고 간신히 참으며 두 발로 버티고 섰다.

지금 같은 상황에서는 촌각이라도 지체해선 안 된다는 생각이 들자 조금 전 옆구리를 걷어차인 고통 같은 것은 깡그리 사라졌다.

팟!

잠시 숨을 고르고 권혼력을 극한으로 끌어 올려 발끝으로 힘차게 땅을 밀면서 팽팽하게 시위를 당겼다가 쏘아낸 화살보다 더 빠르게 영능을 향해 저돌적으로 돌진하며 젖 먹던 힘을 다해서 권혼신강을 발출했다.

평소하고는 다르게 권혼력이 팔을 손바닥을 통해서 세차게 뿜어지는 것이 생생하게 느껴졌다.

콰우웅!

도무탄이 지금까지 한 번도 들어본 적이 없는 허공을 진동시키는 우렛소리가 터지며, 시뻘건 핏빛 빛줄기가 무시무시하게 폭사되었다. 핏빛 줄기도 평소보다 훨씬 굵고 짙었고 더 빨랐다.

권혼신강의 발출음으로 미루어 그는 지금까지보다 훨씬 위력적인 최강의 권혼신강이 뿜어졌음을 알 수 있었다.

그리고 이번 공격으로 모종의 좋은 결과를 얻을 수 있을 것이라는 확신이 들었다.

피투성이 두 손으로 머리를 감싸 쥔 채 괴로워하던 영능은 권혼신강이 발출되는 우렛소리를 듣는 순간 움찔! 하며 비틀거리던 동작을 움찔 멈추었으나 우렛소리가 들려온 방향을 쳐다보지는 않았다.

조금 전에 급습을 쳐다보다가 낭패를 당한 경험이 있으므로 위험이 닥쳤을 때에는 쳐다보는 것보다 먼저 행동을 취해야 한다는 사실을 학습한 것이다.

싸우면서 학습, 즉 깨우침과 배움이 없다면 그 사람은 발전하지 못한다.

그런 점에서 영능의 학습은 남들보다 훨씬 빠르다고 말할 수 있다.

그는 돌아보지 않는 대신 재빨리 상체를 뒤로 비틀면서 소리가 들려온 방향을 향해서 피가 흠뻑 묻은 두 손 손목을 맞붙여 벼락같이 힘껏 앞으로 밀어냈다.

그오― 옴!

한겨울 동이 트기 전 새벽녘 깊은 산속에서 들려오는 어둠이 물러가는 듯한 고요한 소리가 흐르더니 번쩍! 하고 찬란한 섬광이 작열하고는 금광 한 줄기가 도무탄을 향해 뿜어졌다.

그는 지금까지 두 번의 반격을 한 손으로만 전개했는데 두 손으로 그것도 힘을 잔뜩 줘서 쏟아내는 것으로 미루어 단단히 화가 난 듯했다.

그는 조금 전에 도무탄의 공격에 왼쪽 어깨와 가슴의 중간 부위를 적중당했는데 왼손을 사용하는 데 전혀 무리가 없는 것 같았다.

그는 도무탄이 발출한 강기를 맞추려고 소림사 최고의 신공인 범천신공(梵天神功)을 전개했다.

그의 범천신공은 완벽한 경지이며, 두 사부의 공력을 물려받아 극성에 이르렀다.

그러나 다행인지 불행인지 공교롭게도 범천신공의 금빛 줄기는 권혼신강을 맞추지 못하고 반 뼘 간격으로 아슬아슬하게 스쳐 지나 도무탄에게 향했다.

'이… 이런 빌어먹을…….'

뿌악!

쩌억!

"으악!"

"끄악!"

전력으로 질주하던 도무탄은 자신을 향해 짓쳐오는 금빛 줄기를 보고 내심의 욕설을 다 잇지도 못한 채 가슴 한복판에 고스란히 적중당했다.

반격하는 것은커녕 피하고 자시고 할 새도 없다. 그는 범천 신공, 즉 금빛 줄기처럼 빠른 공격을 무림에 나온 이래 처음 으로 보았다.

콰다다다—

"크으으……."

순간 그는 반탄력으로 인하여 뒤로 쏜살같이 튕겨져서 날 아가다가 땅에 떨어지며 강풍에 휘날리는 가랑잎처럼 마구 뒹굴었다.

크고 작은 돌들을 부수고 또는 온몸에 긁히면서 밀려가다 가 커다란 바위에 정통으로 부딪쳤다.

쩌껑!

밀려가는 힘이 얼마나 강했는지 그의 몸에 부딪친 바위는 단번에 두 동강이 났으며, 바위를 뚫고 지나간 그는 그제야 밀려가는 것이 멈춰 땅에 패대기쳐졌다. 그러면서 정신이 아 득해졌다.

영능이라고 해서 도무탄보다 더 나을 것도 나쁠 것도 없는 상황이다.

그는 권혼신강 핏빛 줄기를 복부에 정통으로 적중당하는 순간 몸이 새우처럼 구부러진 자세로 줄 끊어진 연처럼 지상에 낮게 깔려 쏜살같이 날아갔다.

얼마나 정통으로 또 제대로 적중을 당했는지 그 순간 그는 몽롱한 상태에서 자신의 몸이 분해되어 흩어진 것 같다는 생각이 들 정도였다.

이런 느낌은 태어나서 처음이다. 수십 개의 칼이 한꺼번에 온몸을 찌르고 베면서 저미는 것 같았다. 그래서 온몸이 난도질당하여 사지가 잘리고 몸 밖으로 내장이 쏟아져 나오는 그런 느낌이다.

그리고 그로 인한 기분이라는 것은, 한마디로 견디기 어려울 정도로 더러웠다.

'피했어야 했군.'

그는 빨랫줄처럼 일직선으로 허공을 쏜살같이 날아가며 속으로 툴툴거렸다.

그는 무림에 나온 지 사십여 일 동안 몇 차례 싸워보지 않은데다가 그 많지 않은 싸움에서 한 번도 상대의 공격을 피해 본 적이 없었다.

상대의 공격이 피해야 할 만큼의 수준이 아니었기 때문이다. 그런데 도무탄은 달랐다.

'그래서 사부님들께서……'

그제야 비로소 깨달았다. 사부 무아선사와 무무선사가 자신들을 희생하면서까지 일신의 공력을 영능에게 주입해 준 까닭을 말이다.

사부들은 등룡신권에 대해서 거의 모른다. 다만 그들은 권혼의 무서움을 알고 있을 뿐이다.

날아가는 도중에 영능은 빠르게 운공을 해보았다. 갈비뼈 몇 개가 욱신거리고 장기와 내장이 가볍지 않은 손상을 입었다는 사실을 깨달았다.

그러나 중상이 아닌 것만은 분명했다. 더구나 자신이 이 지경이 됐다면 도무탄은 더 심각한 상태에 처했을 것이라고 짐작했다.

그는 세상일에는 예외나 변수가 있다는 사실을 모르고 있는데 그런 것을 경험해 본 적이 없기 때문이다.

그래서 어떤 상황에서든지 자신이 머릿속에 떠올린 생각이나 예측이 정확할 것이라고 굳게 신뢰한다. 말하자면 외곬 옹고집 성격이다.

턱! 터덕……

그는 천근추의 수법으로 몸을 무겁게 하여 속도를 줄이는 것과 동시에 공중돌기를 하여 지상에 내려섰으나 밀려가는 여력에 의해서 비틀거리며 대여섯 걸음 뒷걸음질을 쳤다가 겨우 멈추었다.

그는 자신의 이런 꼴불견 같은 모습에 화가 치밀어서 견딜 수가 없었다.

'이번에는 죽이고 말겠다.'

팟!

내심 굳게 결심한 그는 발끝으로 지면을 박차고 허공으로 솟구쳐 올라 도무탄에게 쏘아갔다.

도무탄에게 공격을 당해서 몸 여기저기 통증을 느끼기는 하지만, 운공을 하고 초식을 전개하는 데는 이상이 없다는 사실을 지상에 내려서 다시 솟구쳐 오르는 짧은 시간에 깨달았다.

도대체 얼마나 통겨져서 날아왔는지 잠시 날아가는 동안에도 도무탄이 보이지 않았다.

그는 공력을 극한으로 끌어 올리면서 조금 전에 도무탄이 통겨 날아갔던 궤적을 따라가 보았다.

땅에는 도무탄이 밀려가면서 긁어놓은 밭고랑 같은 긴 자국이 보였고, 그 끝에 반 동강으로 잘라진 커다란 바위가 나뒹굴어 있었다.

그걸 보고 영능은 도무탄이 땅바닥으로 밀려가다가 바위와 부딪쳤다는 사실을 유추했으며, 그렇다면 엄중한 중상을 입었을 것이라고 짐작했다.

영능은 잠시 청력을 돋우고 주변을 감청했으나 아무런 기척도 감지되지 않았으며 주위를 둘러봐도 움직이는 것은 아무것도 없다.

'도망쳤군.'

영능은 반 동강 난 바위 앞에 내려서며 맥이 빠지는지 미간을 잔뜩 좁혔다. 그의 생각으로는 중상을 입은 도무탄이 도망친 게 분명했다.

그 정도 중상을 입었으면 움직이지도 못해야 마땅할 텐데 도망까지 치다니 대단한 놈이 틀림없다. 다 잡은 고기를 놓친 영능의 심정은 착잡해졌다.

영능은 막상막하로 치열하게 싸우던 도중에 도무탄이 도망칠 것이라고는 추호도 생각하지 못했었다.

일대일 대결을 벌였으면 끝까지 승패를 결해야지 패색이 짙다고 도망치다니, 영능 같으면 죽으면 죽었지 절대로 그런 치졸한 짓은 하지 않을 터이다.

사부들은 영능에게 싸울 때의 방법이나 마음가짐 같은 것을 가르치지 않았지만 그는 치졸할 바에는 차라리 죽음을 택하겠다고 생각했다.

"나와 같은 신인이라고 여겼었는데 이제 보니까 한낱 잡인이었군."

그는 몸에서 공력을 풀고 허망한 표정으로 허공을 올려다보며 중얼거렸다.

"누가 잡인이라는 게냐?"

그런데 바로 그때 허를 찌르듯 영능의 뒤에서 꾸짖는 외침이 터졌다.

영능은 움찔하며 반사적으로 몸을 돌리는 것과 동시에 범천신공을 발출했다.

고오옴!

범천신공은 그가 자랑할 수 있는 가장 고강한 소림절학 두 개 중에 하나다.

범천신공으로 무영검가주 독고우현을 공격했을 때 그는 검을 뽑지도 못하고 선 채로 경악하는 표정을 지은 상태에서 고스란히 당했었다.

꽝!

그가 발출한 범천신공의 금빛줄기는 방금 말소리가 들려온 방향 사 장 거리에 있는 마차 크기의 어떤 바위에 정통으로 적중됐다.

그 일격으로 바위는 산산조각 나서 흩어졌으나 그곳에 말소리의 주인 도무탄은 보이지 않았다.

영능의 얼굴이 흐려졌다. 그가 들은 목소리는 도무탄이 분명했다. 그는 도망치지 않았던 것이다.

도무탄이 중상을 입고서도 도망치지 않았다는 것은 끝까지 싸우겠다는 뜻이다.

그리고 여태까지의 방법으로는 여의치 않다는 사실을 깨달았다는 의미다.

그렇다면 이것은 그가 어떤 꼼수를 부리는 것이 틀림없다. 목소리만 들리고 사라졌다면 어떤 꼼수인가. 다른 방향에서의 급습이 분명하다고 영능은 생각했다.

큐웅!

그 순간 느닷없이 영능의 머리 위에서 지금까지보다는 훨씬 작은 음향이 터졌다.

매우 깊은 우물 속에 돌을 던졌을 때 생기는 공명음 같은 소리다.

과연 영능의 추측처럼 도무탄은 목소리를 낸 방향과 다른 방향에서 공격을 해오고 있다. 그런데 이처럼 빠른 시간이라니, 목소리가 들리고 찰나지간에 급습이 이루어진 것이 믿어지지 않았다.

이것은 영능이 말소리가 들려온 곳을 향해 범천신공을 전개하자마자 벌어진 일이라서, 도무탄의 꼼수를 간파했음에도 그는 미처 머리 위를 올려다볼 겨를도 없이 다급히 옆으로 몸을 날려야만 했다.

상대의 공격을 피하는 것이 수치라고 여기는 그가 이제는 서슴없이 피하고 있다.

몸이 날아가는 상황에 위를 올려다보면서 오른 손바닥을 뻗어 범천신공을 전개하려던 영능은 흠칫했다.

위에는 아무도 없었다. 도무탄은 두 번째에도 공격하지 않고 사라졌다.

그렇지만 영능은 이미 초식을 전개하고 있던 중이라서 범천신공은 장심에서 번쩍이며 허공을 향해 금빛 줄기를 뿜어내고 있었다.

드오— 옴!

그 순간 영능은 이번에도 또다시 자신이 예측하지 못한 방향에서 도무탄이 공격해 올 것이라는 사실을 직감하고 바짝 긴장했다.

그는 재빨리 눈으로는 주위를 살피는 것과 동시에 몸을 비틀어 순식간에 수직 허공으로 솟구쳤다.

소림사의 장로급 이상만 익힐 수 있는 경공절학으로써 금리도천파(金鯉倒千波) 같은 최상승의 경공술인데 영능에게서 아무렇지도 않게 펼쳐졌다.

그가 위로 치솟은 이유는 방금 위를 쳐다봤을 때 아무도 없었기 때문이다.

필경 도무탄이 다른 곳으로 이동했을 테니까 그 순간에 자신은 위로 솟구쳐서 아래를 내려다보면서 도무탄이 나타나기를 기다리겠다는 생각이다.

큐웅!

그런데 그가 수직으로 솟구치면서 아래쪽을 살피는 동작을 취하자마자 머리 위에서 예의 권혼신강을 발출하는 음향이 터졌다.

"……!"

영능은 움찔 놀랐다. 자신의 예상이 완전히 빗나간 것에 대한 허탈감과 역에 역으로 급습을 당했다는 낭패감이 한꺼번에 밀려왔다.

도무탄은 영능의 혼을 빼놓은 후에 치명타를 가하는 성동격서(聲東擊西)의 수법을 쓰고 있으며, 영능은 도무탄의 계책을 간파했다고 생각하여 역으로 이용하려고 했는데 도리어 역으로 당하고 말았다.

'쥐새끼 같은 놈!'

영능은 속에서 노화가 치밀었으나 지금은 감정대로 행동할 수 없다는 사실을 깨달았다.

그는 무림에 나온 사십여 일 동안 마음이 내키는 대로 싸움을 했었다.

아니, 적수를 만나지 못했으므로 그것은 싸움이라고도 할 수가 없었다.

그런데 지금 그는 한 번도 겪어보지 못했던 전혀 새로운 경험을 하고 있다.

솟구치는 감정대로 싸우다가는 낭패를 당할 수도 있다는 사실이다. 그래서 생전 처음으로 '이성적'이라는 것을 활용하려고 시도했다.

그는 재빨리 허리를 슬쩍 뒤로 젖혔다가 펴는 순간 그 자리에서 십여 장 떨어진 곳으로 찰나지간에 이동했다.

이것 역시 최상승 경공술인 궁신탄영(弓身彈影)이라는 수법이다.

그는 도무탄과 똑같은 성동격서의 방법을 써보려고 시도했다. 즉, 역에서 역으로, 그것을 또 역으로 이용하려는 계책이다. 네가 하는데 나라고 못할 것 없다는 식이다.

'헉헉헉……'

도무탄은 비류행 중에 비행의 수법을 쉴 새 없이 연속적으로 전개하여 여러 차례 영능의 시선이 미치지 않는 곳으로 접근해서 급습을 시도했다.

주로 영능의 머리 위나 등 뒤, 그가 허공으로 솟구쳤을 때는 발아래 같은 그의 시선이 미치지 않는 곳이다.

그러나 기껏 접근해서 공격을 가하면 영능의 반응이 워낙 빠른 탓에 공격을 접을 수밖에 없었고, 그래서 또 다른 장소로 이동해야만 했다.

영능하고 정통으로 부딪치면 손해라는 사실을 뼈저리게 경험했기 때문이다.

그렇게 몇 차례나 쉬지 않고 동에 번쩍 서에 번쩍이다 보니까 힘이 많이 빠졌다. 어금니를 악물고 간신히 견디던 상처의 고통이 엄습하여 온몸 아프지 않은 곳이 없으며 호흡도 가빠졌다.

조금 전 영능의 범천신공 금빛 줄기를 정통으로 가슴 한복판에 적중당하고서 그 당시에는 손가락 하나 까딱할 여력이 남아 있지 않았었다.

그러나 이렇게 쓰러져 있다가는 개죽음을 당할 것이라는 절박한 심정에 몸이 으스러지는 고통을 무릅쓰고 운공을 하여 그 자리를 벗어난 것이다.

그는 그때 도망칠 수도 있었으나 그러지 않았다. 자신이 그렇게 만신창이가 됐으면 영능도 무사하지는 못할 것이라고 추측했기 때문이다.

그러므로 둘 다 똑같은 조건에 처했다면 못해볼 것도 없다는 각오가 생겼던 것이다.

그리고 어느 정도의 호승심 같은 것도 작용을 했다. 생존해야 하는 것과 반드시 이기고 싶다는 투지에서의 갈등 중에 투지가 좀 더 강했다.

그런데 막상 뚜껑을 열어보니까 영능은 상자 안이 아직도 가득 차 있는 반면에 도무탄은 빈 상자다.

도무탄은 이를 악물고 쥐어짜내듯이 공격을 펼치는 데 반해서 영능은 처음이나 변함없이 아무렇지도 않게 공격을 전개하고 있다.

똑같이 양패구상을 당했는데도 불구하고 도무탄이 입은 타격이 훨씬 더 컸다는 반증이다.

이것으로 영능이 단 한 가지를 제외하곤 모든 면에서 우위에 있다는 사실이 명백해졌다.

단 한 가지 제외된 것은 무림의 경험이다. 그러므로 지금 도무탄이 이기려면, 아니, 살아남으려면 그것을 최대한 활용해야만 할 것이다.

두 사람의 강호 경험이라고 해봐야 사실 도토리 키 재기라고 할 수 있다.

그러나 어쨌든 도무탄은 짧은 시일 안에 산전수전 남들 평생 걸릴 경험을 두루 겪어봤다.

영능이 궁신탄영의 수법으로 원래의 위치에서 좌측으로 찰나지간 칠 장 이동했을 때, 도무탄은 죽을힘을 다해서 비행을 전개하여 그의 배후에 따라붙었다.

그리고는 숨이 차서 극도로 헐떡거리면서도 기척을 내지 않으려고 죽을힘을 다했다.

'소리가 나면 안 된다.'

영능의 배후 삼 장까지 접근한 도무탄은 이번만큼은 권혼신강을 전개해선 안 된다는 사실을 깨달았다. 그가 전개할 수 있는 수법 중에서 권혼신강이 가장 위력적이지만 소리가 난다는 것 때문에 무용지물이다.

도무탄은 영능처럼 반응이 빠른 사람을 처음 봤다. 싸움의 경험이 거의 없는 그의 그런 면은 아마 반사신경이 뛰어나기 때문일 것이다.

도무탄이 기를 쓰고 배후나 보이지 않는 위치에서 권혼신강을 발출하더라도 영능은 권혼신강의 음향을 듣고 거의 완벽하게 반격을 했다. 그리고 그의 반격은 여지없이 도무탄의 낭패로 이어졌다.

그러니 또다시 권혼신강을 전개하면 일껏 가까이 접근한 것이 헛수고가 될 터이다.

'지금 공격할 것이 아니라 최대한 가까이 접근해서 격광에 신절을 얹어서 전개하자.'

영능만 학습하는 것이 아니라 도무탄도 진화하고 있다. 격광 하나만 놓고 봤을 때에는 권혼신강보다 더 빠르다. 빠른 것 하나만큼은 최고일 것이다.

그는 아무도 가르쳐 주지 않는 권혼의 비밀을 스스로 위기에 직면하여 깨우치고 있다.

위력으로는 권혼신강이 최고인데, 그렇게 하면 격광에 권혼신강을 얹어서 전개하더라도 소리가 날 것이다.

권혼신강을 발출할 때 소리가 나지 않게 하면 더할 나위 없겠지만 지금으로썬 무리다.

결정을 내린 도무탄은 터져 나오려는 거친 호흡을 삼키면서 몸을 한 차례 더 꿈틀거려 찰나지간에 영능의 등 뒤 석 자까지 접근하자마자 격광에 신절 요단을 전개하여 영능의 등 한복판을 공격했다.

금나수법의 일종인 요단은 추호의 소리도 나지 않았다. 그러나 도무탄의 오른손이 영능의 등 한 자에 이르렀을 때 본능적인 위기를 감지한 영능은 별안간 번개같이 몸을 돌리며 후려갈기듯이 범천신공 금빛 줄기를 폭사해 냈다.

그렇더라도 도무탄은 이미 너무 가까이 접근해 있었다. 석 자, 아니, 지금은 한 자까지 쇄도하면서 전개한 그의 공격이 훨씬 더 빨랐다. 그의 손은 이미 영능의 몸에 닿아 훑고 있는 중이다.

파아—

처음에는 영능의 등 한복판을 겨냥했으나 그가 몸을 오른쪽으로 재빨리 돌림에 따라서 도무탄의 손은 그의 옆구리를 번개같이 훑어 올리며 신절의 요단을 발휘했다.

'뭐야, 이건……'

그러나 도무탄은 손가락 끝이 마치 철벽을 긁은 듯한 느낌을 받고 움찔했다. 그의 손에는 영능의 찢어진 옷이 쥐어져 있을 뿐이다.

"음⋯⋯."

신절의 요단에 당하면 웬만한 사람이라면 옆구리의 갈비뼈가 왕창 부러지고 장기와 내장이 다 터지거나 찢어져서 즉사해야 마땅하다.

그런데 영능은 단지 가벼운 신음을 흘리면서 두어 걸음 비틀거리며 물러나는 게 고작이다.

'이 자식은 인간이 아니다.'

어이없는 표정의 도무탄은 그렇다면 영능이 지금까지의 싸움에서 그다지 큰 부상을 당하지 않았을 것이라는 데 생각이 미치자 맥이 탁 풀렸다.

그때 그는 영능이 물러나면서 얼굴을 고통스럽게 일그러뜨리는 것을 발견했다.

"⋯⋯."

그렇다. 이 자식도 당하면 아픈 것이다. 영능은 쇳덩어리가 아닌 아픔을 느끼는 인간이 분명했다.

어째서 뼈가 부러지지 않고 내장이 터지지 않는지 모르지만 아픔을 느끼고 있다.

사실 영능은 불문의 외문무공 중 하나인 불탄강(佛彈剛)이라는 것을 이십 년 이상 연마했다. 대여섯 살 때부터 연마했다는 얘기다.

그것은 금강불괴지신의 몸을 만드는 금종조(金鐘罩)보다 두어 단계 위의 무공이다.

불탄강은 오랜 수련으로 피부를 쇠처럼 단단하게 만드는 수법이다.

그러나 연마하는 기간이 너무 오래 걸리고 또 방법이 무식하고 잔인할 정도로 가혹한 것으로 소문이 자자하기 때문에 소림사 내에서도 열 명 중에서 아홉 명은 중도에 포기한다고 한다.

그러나 그 고통과 세월을 이겨내고 각고의 노력 끝에 일단 불탄강을 완성하기만 하면 도검으로도 몸에 흠집조차 낼 수가 없는 신체가 된다.

그렇다고 해도 공력이 심후한 고수의 내가중수법(內家重手法)에 당하면 장기와 내장을 다치게 된다. 내가중수법이란 심후한 내공으로 겉은 말짱하지만 속을 모조리 파괴하는 상승 수법이다.

그렇지만 영능은 두 태선승의 특별하고도 혹독한 가르침을 받았으므로 그의 불탄강을 파훼하려면 쟁투십오급 초절일이삼의 가장 위의 단계인 초상급이나 초중급쯤 되어야 할 터이다.

그것은 무림에서 그를 상하게 할 인물이 별로 없으며 도무탄도 영능을 어쩌지 못한다는 뜻이다.

도무탄의 진정한 실력은 아직 초절일이삼의 최상위 초급 수준은 아니지만, 그의 몸을 빌어서 전개되는 권혼은 초상급 그 이상이다.

그러므로 불탄강을 연마한 영능의 뼈가 부러지고 장기와 내장이 손상되는 정도까지는 아니더라도 얼마간의 고통을 느끼는 것이다.

'고통스러워한다는 것은?'

슈욱!

순간 도무탄은 영능을 향해 득달같이 쏘아가며 이번에는 격광에 신절의 조탁을 얹어서 전개했다. 신절 자체로도 빠르지만 격광과 함께 전개한 조탁은 전개하는 순간 영능의 가슴을 공격해 갔다.

영능은 방금 요단의 공격으로 고통스러워하고 있는 중이라서 이번에도 피하지 못할 터이다.

옛말에 가랑비에 옷이 젖는다고 했다. 고통이 쌓여서 누적되다 보면 뭔가 일이 터질 것이다.

파아······.

영능의 복부에서 가슴까지의 옷이 쭉 찢어지면서 그는 또 다시 뒤로 주춤거리며 물러났다.

찢어진 옷 사이로 맨살이 드러났지만 말짱했다. 그러나 고통은 충분히 안겨주었다.

"으으……."

얼굴이 보기 싫게 일그러진 영능은 그 즉시 묘하게 웃으면서 반격을 가해왔다.

"흐흥! 이제 백타(白打)로 해보겠다는 것이냐?"

이십여 년 넘게 두 태선승의 가르침을 받으면서 이보다 더한 고통을 수없이 당했던 영능이다. 그것이 오래전의 일이라서 잊고 있었는데, 새삼 생각해 보니까 이 정도 고통은 견딜 만했다.

지금 영능의 모습은 아까 도무탄의 천쇄 강인에 옆머리를 비껴 맞은 탓에 얼굴 절반이 피투성이가 된 상태로 입술만 비틀린 웃음이라 일순 섬뜩했다.

타탁—

도무탄이 재차 격광에 조탁을 얹어서 빛살처럼 빠르게 전개하는 것을 영능이 팔등으로 후려쳐서 막는가 싶더니 곧장 공격해 들어왔다.

위잉!

만 근 바위를 쪼개고도 남을 위력이 실린 주먹이 도무탄의 얼굴로 날아들었다.

도무탄이 맨손무공인 권각술, 즉 백타를 전개하는 것을 보고 자신도 백타로 상대하려는 것이다.

소림절학 중 하나인 대금룡산수(大擒龍散手)다. 그러나 소림무학에 대해서 문외한인 도무탄으로서는 생전 처음 보는 수법이다.

천신권격의 천쇄와 신절은 접근전에 사용하는 수법이고 도무탄은 그것을 무던히 연마했었으므로 접근전이라면 자신이 있다.

영능이 전개하고 있는 대금룡산수는 가히 신기(神技)라고 할 수 있다.

단지 한 차례 밋밋하게 주먹을 뻗은 것 같은데 도무탄의 얼굴을 비롯한 상체 여덟 군데를 소나기처럼 그리고 한꺼번에 공격해 왔다.

두 사람의 거리는 반 장에 불과해서 손만 뻗으면 닿고도 남을 거리다.

접근전이 시작되자 도무탄은 물 만난 물고기처럼 흥분하여 콧김을 뿜어냈다.

'너 이 자식 오늘 뒈져 봐라.'

그는 천쇄와 신절을 죽도록 연마한 것에 자신이 있었다. 거의 빛처럼 쏟아져 오는 영능의 무수한 주먹을 피하고 막느라 정신이 없다.

그 와중에 천쇄의 네 가지 세분과 신절의 여덟 가지 기술을 섞어서 마구 소나기처럼 뿜어냈다.

후우웅!

스사사사—

타닥탁탁!

영능이라고 가만히 있는 것이 아니다. 그도 도무탄의 소나기 같은 공격을 때로는 피하고 때로는 막으면서 기회가 생기면 공격을 퍼부었다.

초절고수 두 명이 반경 일 장 내에서 양손을 이용하여 싸우는데 주먹이, 아니, 팔이 보이지도 않았다. 조금 멀리에서 보면 두 사람이 서로에게 삿대질을 하면서 말싸움을 하는 것 같았다.

떵!

"윽!"

순간 도무탄은 왼쪽으로 빛처럼 날아드는 것을 팔을 들어 급히 막았다.

그런데 그 위력이 얼마나 센지 어깨 아래의 팔이 부러지는 통증을 느끼며 옆으로 죽 밀려갔다.

밀려가면서 힐끗 보니까 영능이 재빨리 오른발을 거두고 있었다.

그는 각법(脚法)까지 동원했다. 발까지 사용할 줄은 도무탄도 예상하지 못했었다.

소림무공은 온몸을 사용한다. 즉, 온몸이 무기다. 머리도 사용하는데 발인들 못하겠는가.

도무탄이 발에 한 대 맞고 밀려가자 숨 쉴 틈도 없이 영능의 양발이 빛처럼 날아들었다.

소림절학 중에 하나인 항마연환신퇴(降魔連環神腿)라는 상승각법이다.

쾅! 쾅! 쾅!

"흑!"

한 번 밀린 도무탄은 얼굴과 가슴, 옆구리로 날아드는 영능의 발길질을 양팔로 부리나케 막았으나 그 엄청난 위력에 팔이 부러지는 것처럼 고통스러웠다. 그는 계속 뒤로 밀리면서 신음을 흘렸다.

만약 두 팔에 권혼력을 주입하지 않았더라면 이미 너덜너덜해졌을 것이다.

뿌악!

"끄윽!"

발길질만 있는 것이 아니다. 소나기 같은 발길질로 도무탄을 뒤흔들어 놓은 영능은 느닷없이 범천신공으로 그의 가슴팍을 강타했다.

도무탄은 마치 무너지는 태산에 깔린 듯한 충격을 받았으나 뒤로 날아가지 않았다.

영능이 왼손을 뻗어 도무탄의 어깨를 움켜잡고 움직이지

못하게 만들고는 오른 주먹을 연속적으로 그의 가슴에 무지막지하게 강타시켰다.

뻑! 뻑! 뻑!

"크으으……."

이백 년 이상의 공력이 실린 주먹을 연달아 십여 차례 정통으로 맞은 도무탄은 갈비뼈가 모조리 부러지고 장기와 내장이 으깨어지면서 정신이 가물거렸다.

아차 하는 순간에 이런 상황이 돼버려서 반격은커녕 이 상황에서 벗어나는 것마저도 불가능했다.

도무탄은 권혼강공법 소구결을 사용하여 권혼신강을 전개하는 것도 시기가 있다는 사실을 깨달았다.

마인이 되기 싫어서 그것을 사용하기를 미루었다가 낭패를, 아니, 죽음을 맞이하게 되었다. 그러므로 무엇이든 할 수 있을 때 해야만 하는 것이다. 훌륭한 재주를 아끼는 것은 목숨을 버리는 일이다.

그는 피투성이 영능의 얼굴이 악마처럼 변해서 실성한 것처럼 자신의 가슴을 짓이기는 흐릿한 모습을 보면서 내심 욕설을 내뱉었다.

'이런 빌어먹을… 내가 아니라 이 자식이 마인이었어…….'

그리고는 빠르게 정신을 잃었다. 그러면서 자신이 이대로

죽을 것이라는 사실을 절감했다. 죽지 않으면 그것이 이상한
일이다.

뻑 뻑 뻑 뻑!

영능은 도무탄의 몸뚱이가 완전히 너덜너덜해지도록 주먹
을 가격하고 또 가격했다.

第六十八章

나는 죽었다

이윽고 제정신을 차린 영능은 멍한 얼굴로 도무탄을 내려다보았다.

영능의 모습은 방금 지옥에서 올라온 아수라(阿修羅)에 다름 아니다.

얼굴 반쪽이 피로 뒤집어쓴 모습 때문이 아니라 그의 험악한 표정이 그렇다.

아니, 그건 표정이라고 할 수 없다. 인간이 지을 수 있는 가장 잔인하고 포악한 아수라의 형상을 하고 있었다.

대저 얼굴이 이렇게 변했다면 지금 그의 내심도 그와 같지 않겠는가.

도무탄을 짓이기면서 바야흐로 그의 본성이 드러난 것이다. 그조차도 모르고 있던 본성이다.

도무탄은 바닥에 똑바로 누운 자세이고 영능은 그의 배에 걸터앉아 있었다.

언제 배에 걸터앉았는지 모르지만 영능이 정신을 차려보니까 이런 자세가 되어 있었다.

도무탄을 짓이기는 동안만큼은 영능은 영능이 아니었다. 복수심이 활활 타오르는 악마였다.

도무탄은 소구결을 포함한 권혼강공법을 운공하여 권혼신강을 전개하면 악마가 되는데, 영능은 단지 복수심 때문에 악마가 되었다.

"헉헉헉……."

가슴을 들썩이면서 거친 숨을 몰아쉬는 영능의 피투성이 얼굴이 잔뜩 찌푸려졌다.

제정신을 차리자 아수라의 모습이 사라지고 인간의 곤혹스러운 표정이 나타났다.

도무탄이 형체를 알아보기 어려울 만큼 완전히 짓이겨진 모습이기 때문이라서 그는 적잖이 당황하고 허탈했다.

도무탄의 얼굴은 말 그대로 피떡이 되어 사람인지 짐승인지 모를 지경이다.

눈알이 튀어나오고 얼굴과 머리뼈가 박살 났으며, 입은 찢어졌고 이빨은 다 부러졌다.

뿐인가. 가슴 한복판의 갈비뼈는 죄다 부러져서 삐죽삐죽하게 드러났고, 터지고 잘라진 장기와 내장이 뒤엉켜서 검붉은 피가 꾸역꾸역 흘렀다.

만약 평범한 사람이 거리에 누워 있다가 커다란 마차 바퀴에 깔리면 이런 몰골이 될 터이다.

"허억… 헉……."

영능은 가슴을 들먹거리고 헐떡이면서 참담한 몰골의 도무탄을 굽어보며 허탈감에 빠졌다.

허탈감을 느끼는 이유는 도무탄이 지독하게 잔인한 모습으로 죽었기 때문이 아니다.

다만 두 사부의 철천지원수를 너무 간단하게 죽여 버린 것 같아서 후회가 밀려들었다.

도무탄에 대한 안쓰러움 따윈 참새 눈물만큼도 없다. 그저 속 시원하게 그리고 통쾌하게 죽이지 못한 것이 한스러울 뿐이다.

할 수만 있다면 조금 전 이성을 잃기 전의 상황으로 되돌려 놓고 싶다.

그래서 다시 새로운 마음으로 도무탄을 자근자근 천천히 죽이고 싶었다.

그가 소림사를 건드린 것을 뼈저리게 후회하도록 만들지 못한 게 안타까웠다.

영능은 혹시나 싶어서 일말의 희망을 품고 고개를 숙여 도무탄의 왼쪽 심장에 귀를 대보았다.

영능은 도무탄의 가슴 한복판과 복부를 중점적으로 가격했기 때문에 심장이 있는 왼쪽 가슴은 비교적 깨끗했다.

영능의 표정이 일그러졌다. 심장이 전혀 뛰지 않았다. 숨이 끊어진 것이다. 그는 와락 얼굴을 일그러뜨리며 욕설을 내뱉었다.

"아미타불……."

그로선 욕설을 내뱉고 싶은데 알고 있는 것이 불호를 외는 것뿐이다.

도무탄은 이미 싸늘하게 죽었지만 그는 이대로 그를 보내고 싶지 않았다.

죽은 자에게 또 한 번의 복수를 하기 위해서 오른 주먹을 들어 올렸다가 힘껏 내려찍었다.

퍽!

수직으로 곧추 세운 주먹은 도무탄의 왼쪽 가슴을 뚫고 땅바닥에 꽂혔다.

쑤우…….

영능은 주먹을 뽑고 이번에는 두 손으로 도무탄의 머리를 잡고는 목을 비틀어 부러뜨렸다.

우지직!

그리고는 손을 툭툭 털며 일어섰다. 도무탄은 이미 죽었지만 심장을 짓이기고 목을 비틀어서 두 번 더 죽이는 통쾌함을 맛보려는 속셈이었다.

그러나 막상 그렇게 하고 보니까 생각했던 것만큼 짜릿한 느낌은 아니다.

"뒈엣!"

그는 더 이상 사람이 아닌 하나의 핏덩어리로 화해 있는 도무탄에게 가래침을 뱉고는 그의 발 한쪽을 잡고 산봉우리 한쪽 끝으로 질질 끌고 갔다.

벼랑 끝에 이른 그는 마치 더러운 쓰레기를 버리듯 잡고 있는 도무탄의 다리를 허공으로 내던졌다.

휙!

어육(魚肉)처럼 짓이겨진 도무탄의 몸뚱이는 밤하늘로 떠올라 잠시 멈추는가 싶더니 까마득한 벼랑 아래로 쏜살같이 떨어져 내렸다.

*   *   *

영능이 북경성 뇌전팽가로 돌아오고 나서 얼마 지나지 않아 동이 트기 시작했다.

영능은 옷도 갈아입지 않고 세수도 하지 않는 모습으로 뇌전팽가주 팽기둔을 불러 자신이 등룡신권을 직접 죽이고 오는 길이라고 말해주었다.

크게 놀라는 팽기둔에게 자신이 어떤 식으로 등룡신권을 죽였는지를 간략하게 설명해 주었다.

자랑을 늘어놓으려는 것이 아니라 그저 있었던 일을 밋밋하게 설명하려는 것이다.

영능은 도무탄에게 독고우현은 '의인'이고 팽기둔을 '잡인'이라고 평가했었다. 영능은 그 잡인이 필요했다.

집을 지키게 하기 위해서는 인성이 곧은 훌륭한 사람보다는 한 마리 개가 더 요긴한 법이다.

영능은 도무탄을 죽임으로써 모든 것이 끝났다고 생각하지 않는다.

물론 두 사부의 복수는 끝났다. 그러나 종말은 또 다른 시작을 의미하는 법이다.

눈엣가시 같았던 도무탄을 죽였으니까 이제부터 그는 지난 사십여 일 동안 강호에 나와서 보고 느끼고 배운 대로 행동할 일만 남았다.

그는 소림사를 이끌고 무림을 재정비할 계획이다. 전 무림이, 그리고 천하가 소림사를 하늘처럼 존경하고 떠받들게 만드는 것이 목적이다.

팽기둔은 영능의 말을 곧이곧대로 믿었다. 등룡신권의 죽음을 더욱 확실하게 하기 위해서 영능이 등룡신권의 시체를 가져오지 않은 것이 조금 불만이긴 하지만, 영능이 거짓말을 할 이유가 없으며, 그라면 등룡신권을 죽이고도 남음이 있다고 믿었다.

또한 지금 영능의 모습은 만신창이 그 자체였다. 그가 이 지경이 되었다면 도무탄은 죽고도 남았으리라는 것이 팽기둔의 생각이었다.

팽기둔은 영능에게 큰일을 치르느라 노고가 많았다고 크게 치하하고 필요한 것은 무엇이든지 말만 하라고 이르고는 밖으로 물러 나왔다.

이른 아침에 팽기둔은 외동딸 팽정을 불렀다.

그에게는 원래 삼남일녀가 있었으나 삼남(三男)은 모두 무영검가 세 딸과의 정화(情禍)에 휘말려서 죽었으며 이제 남은 자식은 오로지 팽정 하나뿐이다.

그래서 그는 앞으로 뇌전팽가를 팽정에게 물려줘야겠다고 마음을 먹었다.

이제 남은 자식이라곤 팽정 하나뿐이니 그녀에게 물려줄 수밖에 없는 상황이다.

비록 팽정은 딸이고 막내라서 어리지만 사실 죽은 삼남 어느 놈하고 비교해도 그녀가 훨씬 더 뛰어나다고 팽기둔은 평소에도 생각하고 있었다.

팽기둔은 성격과 자질이 각양각색이며 자신이 요구하는 목표치에 도달하지 못하는 세 아들에 대해서 늘 못마땅하게 생각했었다.

반면에 딸인 팽정은 뛰어난 무공과 두뇌, 그리고 치밀함이나 적당히 잔인한 성격까지도 겸비하고 있어서 팽기둔이 몹시 마음에 들어 했었다.

그래서 그녀가 아들이었으면 얼마나 좋았을까 아쉬워한 적이 한두 번이 아니었다.

그런데 이제 세 아들을 졸지에 모두 잃고 외동딸만 남았으니 팽가의 모든 것을 딸에게 물려주는 것이 운명인가 보다 여겼다.

세 아들이 죽은 것을 아비로서 잘된 일이라고 말할 수는 없는 일이다.

그것은 필경 애석하고 원통한 일이지만 기왕지사 이렇게 된 바에는 지금 상황에서 최선책을 선택해야만 한다.

그것은 팽정을 다음 대 뇌전팽가의 가주로 키우는 것이다. 그것밖에는 방법이 없다. 그리고 그녀라면 세 오빠보다 더 잘 할 수 있을 것이라고 믿었다.

팽기둔이 물심양면 도움을 아끼지 않으면 팽정은 반드시 해낼 수 있을 말 것이다.

"등룡신권이 죽었다."

"……"

팽정은 부친의 밑도 끝도 없는 말을 처음에는 제대로 알아듣지 못했다.

등룡신권이 누군지, 그가 죽은 것이 자신들하고 무슨 상관이 있는 것인지 알 수가 없었다.

어젯밤 자봉루 자신의 거처에서 도무탄에게 제압된 상태에서 순결을 짓밟히고 나서 한 시진이 지난 후에 그녀의 혈도는 자연적으로 풀렸었다.

그녀는 아무도 없는 텅 빈 방에서 분노의 눈물을 펑펑 흘리면서 한동안 넋을 잃고 앉아 있었다.

그러다가 어느 순간 정신이 번쩍 들어 부랴부랴 옷을 찾아 입고 밖으로 뛰쳐나와 정신없이 혼자서 뇌전팽가를 샅샅이 뒤졌다.

뇌전팽가의 경계 고수들이 그녀를 발견하고 놀랐으나 그녀는 아랑곳하지 않고 도무탄을 찾아다녔다.

그리고는 도무탄이 바보가 아니고서야 그때까지도 뇌전팽가에 남아 있을 리가 없다는 사실에 생각이 미친 것은 그로부터 반 시진이나 지난 후였다.

뇌전팽가 밖으로 뛰쳐나가서 찾아보고 싶었으나 그래 봐야 소용이 없다는 사실을 곧 깨달았다.

무영검가는 멸문을 당했으니 도무탄이 그곳으로 갈 리가 없고, 그렇다고 자정이 훨씬 넘은 시각에 북경성을 샅샅이 뒤지고 다닐 수도 없는 일이었다.

팽정은 크게 낙담하여 자봉루 오 층으로 돌아와서 침상에 엎드려 소리 죽여서 한참이나 흐느껴 울었다.

생각하면 생각할수록 분하고 원통해서 견딜 수가 없다. 그녀는 자신이 독고예상을 괴롭힌 일에 대해서는 추호도 반성하지 않았다.

오히려 독고예상의 사주에 도무탄이 자신을 강간한 것에 대해서만 원한을 품었다.

한 번도 본 적이 없는 사내에게 이십이 년 동안 고이 간직해 온 순결을 무참하게 짓밟혔으니 그 분함과 원통함, 억울함은 이루 말할 수 없을 정도다.

그녀는 가족을 제외하곤 남자라는 족속의 손 한 번 잡아본 적이 없었다.

그 흔한 사랑 한 번 해본 적이 없으며 언젠가는 꿈에서 그리던 훌륭한 대장부를 만나 멋진 사랑을 할 것이라는 꿈을 간직하고 있었다.

한참을 그렇게 울다가 지친 그녀는 침상에서 일어나 자신이 순결을 잃은 흔적이 될 만한 것을 하나씩 주섬주섬 치우기 시작했다.

그녀가 한밤중에 외간 남자에게 제압된 상태에서 무참히 강간을 당했다는 사실은 철저하게 그녀 혼자만 알고 있어야 하기 때문이다.

특히 상대가 뇌전팽가에서 최고의 적으로 삼고 있는 등룡신권 도무탄이기에 더욱 그래야만 했다.

그날 밤의 일은 일어나지 않았던 것이다. 도무탄은 물론이고 독고예상도 본 적조차 없어야만 한다. 그녀는 머릿속을 깨끗이 비우려고 노력했다.

그녀가 부산하게 스스로 침상 정리와 청소를 마쳤을 때는 아침이 밝아오고 있었다.

그녀는 여느 때처럼 부친에게 아침 인사를 하기 위해서 오늘따라 가장 예쁜 옷으로 갈아입었는데, 부친이 급히 부른다는 전갈을 받았다.

그리고는 방금 부친에게 밑도 끝도 없는 말을 들은 것이다. 등룡신권이 죽었단다.

"뭐라고 말씀하셨나요?"

딸의 물음에 팽기둔은 득의만면한 미소를 지었다. 너무 반가운 소식이라서 딸이 다시 한 번 확인하려는 것이려니 생각한 것이다.

"하하! 등룡신권이 죽었단다."

절대로 잘못 들은 것이 아니다. 부친은 분명히 '등룡신권이 죽었다' 라고 말했다.

"등룡신권이라면… 해룡방주 무진장 도무탄말인가요……?"

그래도 다시 한 번 확인이 필요했다. 그녀는 하마터면 '저를 강간한 그 나쁜 놈 말인가요?' 라는 말이 목구멍까지 차오르는 것을 간신히 삼켰다.

딸의 복잡한 내심 따윈 알지 못하는 팽기둔의 웃음소리가 더 커졌다.

"하하하! 바로 그놈이다!"

"아아……."

팽정은 아무렇지도 않으려는 자신의 의지하고는 전혀 상관없이, 갑자기 두 다리에 힘이 빠져서 크게 휘청거리다가 그 자리에 주저앉았다.

불과 서너 시진 전에 그녀를 무참하게 강간했던 자가 죽었다니 믿어지지 않았다.

그렇게 죽어버릴 놈이라면 도대체 무엇 때문에 그녀를 강간했다는 말인가.

팽기둔은 그녀가 너무 놀라서 그러려니 생각하고 웃으면서 그녀를 친히 일으켜 주었다.

"하하하! 이제 하북성은 우리 팽가의 것이다!"

"아아⋯⋯."

팽정은 이 와중에도 자신의 이상한 행동이 부친의 의심을 받지 않을까 적이 우려했다. 그녀는 부친의 부축을 슬며시 뿌리치고 나서 의자에 앉아 정신을 차리려고 머리를 살래살래 가로저었다.

무엇 때문인지 모르지만 그녀는 눈물이 나려는 것을 입술을 깨물면서 참았다.

그런데 그녀는 등룡신권이 죽었다는 사실을 듣고 나서 자신의 마음이 몹시 이상해진 것을 느꼈다. 자신을 무참히 강간한 등룡신권이 죽었다는 사실이 기쁜 것인지 슬픈 것인지 도통 알 수가 없다.

이런 복잡한 심정은 생전 처음이다. 마음이 너무 어지럽고 복잡해서 그녀 스스로도 적잖이 당황스러웠다.

그래서 그녀는 평소의 냉철한 자신답게 한 가지 결론을 이끌어냈다.

'그놈을 내 손으로 죽이지 못해서 억울해서 그러는 거야. 반드시 내 손으로 죽여야 할 놈인데 영능이 죽었기 때문에 약이 오른 거야.'

그리고는 자신의 이런 평소답지 않은 모습이 오래 지속되면 부친이 이상하게 여길지도 모른다고 생각하고 서둘러 냉정을 되찾았다.

"누가 그자를 죽였나요?"

"물론 영능이지."

팽기둔의 얼굴에서는 웃음이 떠나지 않았다.

"영능……."

그런데 팽정은 등룡신권을 죽여준 영능에게 추호도 고맙다는 생각이 들지 않았다.

뿐만 아니라 오히려 영능이 미워지기 시작하더니 잠깐 사이에 미움이 원한 비스무리하게 발전됐다. 영능이 부모나 가족을 죽인 원수처럼 여겨지는 데에는 불과 두 호흡밖에 걸리지 않았다.

팽기둔은 딸의 냉정한 얼굴을 보면서 비로소 마음이 놓인다는 듯 호방하게 껄껄 웃었다.

"하하하! 하북성이 문제가 아니다! 이제는 산동성과 강소성, 아니, 무림의 동쪽 전체를 우리 팽가가 지배할 생각을 해야겠다!"

"그게… 가능한가요?"

팽정은 마음에도 없는 말을 했다. 지금은 무림을 누가 지배하든 알 바 아니고, 무림의 동쪽이 어디인지도 분간이 서지 않았다.

"가능하다. 우린 맹호의 등에 올라탔다. 아니, 맹호가 아니라 용이다."

"용……."

팽기둔은 흡족한 얼굴로 고개를 크게 끄떡였다.

"영능은 용이다. 장차 소림사의 장문인이 될 몸이니까 불
룡(佛龍)이라고 해야겠지."

팽정은 빠르게 평정심을 되찾아갔다. 더 이상 겉돌아서는
안 되겠다고 생각했다.

"불룡. 그런 용도 있나요?"

"만들면 있는 것이지. 그의 별호는 아비가 지어주어야겠
다. 이제부터 그는 절세불룡(絶世佛龍)이다."

"절세불룡……."

그렇게 앵무새처럼 중얼거리는 팽정이지만, 머릿속은 온
통 자신이 짓밟히던 서너 시진 전의 그 끔찍했던 광경으로 가
득 차 있었다.

*　　　*　　　*

하나의 소문이 북경성을 진동했다.

천하오룡의 한 명인 등룡신권 무진장 도무탄이 무림추살
대의 우두머리 영능과 일대일 대결을 벌인 결과 패해서 죽었
다는 소문이다.

영능의 말에 의하면 등룡신권의 시체는 완전히 짓이겨져서 천 길 낭떠러지에 버려졌다고 했다.

영능이 팽기둔에게 해준 설명은 뼈와 살이 더 붙여져서 오래지 않아서 북경성에 자자하게 퍼져 나갔고, 더 빠르게 천하로 달려나갔다.

*　　　*　　　*

어젯밤에 도무탄과 영능이 생사혈전을 벌였던 영산 어느 산봉우리 정상에 독고예상의 모습이 보였다.

등룡신권이 영능에게 죽었다는, 그리고 그 장소가 어디라는 소문을 듣자마자 그녀는 그 누구보다 먼저 죽을힘을 다해서 이곳에 달려왔다.

정확하게 영산 어느 봉우리인지 모르기 때문에 봉우리마다 다 올라가 봤는데, 운이 좋았다고 해야 하는지 네 개의 봉우리 중에서 두 번째에 이곳을 찾았다.

이곳에 올라와본 순간 바로 여기에서 도무탄과 영능의 전무후무한 싸움이 벌어졌다는 사실을 한눈에 알아볼 수 있을 것 같았다.

그녀는 산봉우리 정상을 한 바퀴 둘러보고는 그곳의 여러 뚜렷한 흔적으로 미루어 싸움이 얼마나 치열했었는지 짐작할 수가 있었다.

여러 개의 바위가 박살 나서 나뒹굴어 있으며 땅바닥에 패인 구멍과 밀려가고 끌려간 듯한 무수한 자국이 너무도 선명했다.

마치 산사태가 났거나 아니면 수많은 벼락이 떨어진 듯한 흔적이 곳곳에 있었다.

그리고 어떤 한 장소가 그녀의 시선을 강하게 붙잡았다. 그곳에는 땅바닥의 삐죽삐죽한 돌멩이들에 피가 진득하게 말라붙어 있었다.

바닥이 온통 말라붙은 피로 뒤덮인 그곳 한복판에 깨끗한 공간이 있다. 사람이 누웠던 상체의 형상에만 피가 튀지 않은 모습이었다.

독고예상은 바로 그 자리에 도무탄이 쓰러져 있었고, 그 위에서 영능이 짓밟았을 것이라는 사실을 어렵지 않게 유추할 수 있었다.

그녀는 그곳 도무탄이 쓰러져 있던 자리에 한참이나 넋을 놓고 앉아서 숨죽여 오열을 했다.

그녀가 아니었으면 도무탄은 죽지 않았을 터이다. 그녀가 아니었으면 도무탄이 뇌전팽가에 찾아올 리도 없었고, 팽정을 강간하다가 시간을 지체하거나 큰 소리가 밖으로 새어 나가서 영능에게 들키지도 않았을 것이다.

그러니 도무탄이 죽은 것은 순전히 그녀 탓이다. 그녀가 영능의 손을 빌어 그를 죽였다. 영능이 살인자지만 도무탄을 죽인 것은 그녀다.

독고예상은 팽정에 의해서 뇌전도수 열 명에게 강간을 당했으며, 기적이 일어나지 않는 한 이후로도 그런 식으로 수십 수백 명에게 강간을 당하다가 죽을 수밖에 없는 처지에 놓여 있었다.

그랬던 그녀를 도무탄이 구해주었다. 그녀에게는 도무탄이 바로 기적이었다.

그런데 그녀는 자신을 구해준 도무탄에게 고마워하기보다는 오히려 더 무거운 짐을 지도록 해주었다.

팽정을 강간하게 했으며 그 이후에 도무탄은 독고예상의 상처까지 치료해 주었다.

그래서 그녀는 앞으로 도무탄을 하늘처럼 섬기겠다고 속으로만 맹세했었다.

그랬었는데 그 맹세를 지키기도 전에 도무탄이 죽었다. 맹세를 지키기는커녕 헤어지기 직전에 그녀는 도무탄을 잡아 죽이겠다고 펄펄 날뛰었었다.

주르륵… 첨벙!

독고예상은 거의 수직이나 다름이 없는 가파른 언덕을 걸다가 바닥에 깔린 자잘한 돌을 밟고 미끄러져서 그대로 강물에 곤두박질쳤다.

보통사람들 같으면 물에 빠지지 않으려고 상체를 숙이거나 어딜 붙잡거나 여러 방법을 행하겠지만 그녀는 그저 가만히 미끄러져서 강물에 빠졌다.

강 가장자리지만 가파른 언덕 아래라서 그녀가 떨어진 곳은 수심이 매우 깊었다.

하지만 그녀는 허우적거리지 않고 그대로 천천히 물속으로 가라앉았다.

도무탄이 죽어버린 마당에 살고 싶은 생각 따위는 추호도 없었는데 실수로 물에 빠졌으니 차라리 잘된 일이라는 생각이 들었다.

이대로 죽어버리면 도무탄의 영혼을 급히 따라가서 그와 함께 저승에 당도하여 거기에서 천년만년 은혜를 갚으면 될 터이다.

그녀는 혹시나 도무탄의 시신이라도 수습을 할 수 있을까 하는 막연한 기대를 품고 산봉우리 주변을 뒤지고 다니던 길이었다.

둘레 수십 리에 달하는 산봉우리 주변을 눈에 불을 켜고 두루 샅샅이 살폈으나 도무탄은커녕 죽은 짐승 시체 하나도 발견하지 못했다.

그리고 마지막으로 남은 이곳 강변과 강을 살피다가 실족하여 강물에 빠진 것이다.

그녀는 시간이 지남에 따라서 호흡이 가빠왔고 그냥 물속에서 숨을 쉬니까 코와 입으로 물이 쏟아져 들어왔지만 추호도 고통스럽지 않았다.

오히려 곧 도무탄을 만날 수 있다는 생각이 들자 아늑한 기분마저 들었다.

소문에 의하면 영능은 도무탄을 아예 짓이겨 놓아서 시체조차 온전하게 남기지 않았다고 했었다.

도무탄은 죽어가면서 인간이 느낄 수 있는 모든 고통을 맛보았을 것이다.

그렇거늘 이 정도 강물이 코와 입으로 들어오는 고통쯤이야 도무탄이 받았을 고통에 비할 수 있겠는가. 이것은 행복한 죽음이다.

오히려 그녀는 이보다 더 심한 고통을 받았으면 좋겠다는 심정이다. 그래야지만 도무탄에게 조금이라도 속죄가 될 것 같았다.

턱…….

그러나 죽는 것도 쉽지 않았다. 그녀의 몸이 흘러가다가 아주 얕은 모래턱에 걸렸다.

그리고는 똑바로 누운 자세인 그녀의 얼굴이 천천히 수면으로 드러났다.

"컥! 컥! 콜록! 콜록!"

이대로 죽어버리자는 각오를 하고 물속에 있을 때는 몰랐으나 일단 얼굴이 물 밖으로 드러나자 격렬한 기침이 터져 나왔다.

뿐만 아니라 몸을 돌려 무릎을 꿇고 개처럼 구부린 자세로 들이마신 물을 토해내면서 더욱 격렬하게 기침과 구역질을 해댔다.

그녀의 정신은 죽기를 간절히 원하고 있으나 몸은 그것을 거부하고 있다.

이것은 철저한 모순이다. 그래서 그녀는 그런 모순적인 자신이 너무 역겨워서 눈물을 쏟았다.

"바보 같은 나는 죽을 용기도 없구나……."

사흘이 지났다. 그래도 독고예상은 영산을 떠나지 않고 산중을 돌아다니면서 도무탄의 시신을 찾아 헤맸다.

그녀는 이 일을 도저히 멈출 수가 없다. 그런데도 그의 시신은 도대체 어디에서 원한을 품은 채 누워 있는지 찾을 수가 없다.

그의 시신이 벌써 썩어 문드러졌을 리가 없는데 설마 산짐승이 그의 시신을 먹어치우기라도 했다는 말인가. 그렇게 생각하면 너무 안타까워서 눈물만 났다.

시신을 찾지 못해서 장사를 제대로 치러주지 않고 영혼을 산중고혼이 되게 놔둘 수는 없다.

그러면 그의 영혼은 영원히 저승에도 가지 못하고 이승과 저승 사이를 떠돌게 될 터이다. 죽어서도 저승에 가지 못하다니, 그런 생각을 하면 미안하고 죄스러워서 그저 몸서리가 쳐졌다.

그런데 독고예상에게 괴이한 일이 일어났는데 그녀의 모습이 많이 변했다.

어느 정도인가 하면 너무 변해서 설혹 가족이라고 해도 알아보지 못할 지경이 된 것이다.

얼굴이 깡말라서 두 눈과 뺨이 움푹 들어간 것과 강파르고 날카롭게 도드라진 턱뼈, 가느다란 목과 겉으로 드러난 두 손은 앙상하기 짝이 없었다.

하지만 그 모든 것은 다른 한 가지 놀라운 변화에 비하면 아무것도 아니다.

그녀의 머리카락이 눈처럼 흰 백발이 되어버린 것이다. 마치 머리카락에 하얀 성에가 서린 것 같았다.

불과 사흘 만에 그런 모습으로 변한 그녀는 칠팔십 세 노파처럼 보였다.

사흘 동안 물 한 모금 마시지 않았고 잠 한숨 자지 않았기 때문이 아니다.

자신 때문에 도무탄이 죽었다는 크나큰 충격과 그의 시신 마저도 찾지 못하고 있는 것에 대한 깊은 상심이 그녀를 이렇게 만들었다.

얼마나 큰 충격을 받았고 또 상심이 얼마나 깊으면 머리카락이 백발이 되는 것인지 정말 모를 일이다. 그녀는 불과 며칠 사이에 수십 년 세월을 살아버린 것이다.

그렇지만 그녀 자신은 자신의 변한 모습에 대해서 전혀 모르고 있다.

설사 알았다고 해도 개의치 않았을 것이다. 그녀의 정신은 오로지 도무탄의 시신을 찾는 일에만 고정되어 있다. 그 외의 것은 모두 관심 밖이다. 그의 시신을 찾지 못한다면 그녀도 살지 못할 것 같았다.

사흘 동안 산속을 헤매면서 나뭇가지에 긁히고 절벽에서 떨어지고 산비탈에서 구른 탓에 옷은 이미 누더기가 다 된 상태다.

第六十九章

도전기

도무탄이 영능에 의해서 만신창이가 되어 벼랑 아래로 던져진 지 닷새가 지났다.

그는 벼랑 아래 강에 떨어졌다가 깊고 깊은 산맥 속으로 구불구불 수십 리를 흘러 내려와 이곳 첩첩산중 이름 모를 곳에 멈췄다.

흘러내리는 물결에 떠밀려 강 옆에 자그마한 못으로 밀려들어 못의 가장자리 백사장에 상체가 걸쳐진 채 똑바로 누워 있는 모습이다.

그런데 지금의 그는 영능에게 벼랑 아래로 버려질 때의 처참한 모습이 아니다.

얼굴이 좀 붓고 멍이 들기는 했으나 이목구비가 제대로 갖추어져 있는 모습이다.

한쪽이 툭 튀어나왔던 눈알은 제자리를 찾았고 찢어진 코와 입술은 다 아물었으며, 이빨이 거의 모두 부러졌었는데 지금은 새 이빨들이 돋아났다.

옷은 갈가리 찢어져서 걸레나 다름이 없지만 짓이겨졌던 갈비뼈와 장기, 내장도 거의 다 완치가 되었다.

영능이 이미 죽었다고 여겨서 벼랑 아래로 내던졌던 도무탄이 다시 환생할 수 있었던 이유는 간단하다.

목숨이 끊어지지만 않고 극히 미약하게라도 남아 있기만 하면 권혼력에 의해서 다시 소생할 수 있기 때문이다.

닷새 전에 영능은 도무탄을 무차별 가격한 이후 그의 생사를 확인하려고 왼쪽 가슴에 귀를 댔었고 심장박동은 들리지 않았었다.

당연한 일이다. 도무탄의 심장은 보통 사람들하고는 달리 오른쪽에 있기 때문이다.

더구나 그 당시에 영능은 호흡이 매우 거칠었으며, 도무탄이 이미 죽었을 것이라고 스스로 결정을 내린 상태에서 그의 왼쪽 가슴에 귀를 댔었기 때문에, 오른쪽 심장이 꺼질 듯 말 듯 지극히 미약하게 세동(細動)하는 것을 감지하지 못했던 것이다.

비록 영능이 도무탄의 얼굴과 가슴, 복부를 짓이기고 목뼈를 분질렀으나 도무탄은 가느다란 생명의 끈을 놓치지 않고 있었다.

실로 끈질긴 생명력이다. 하지만 그의 체내에 잠재되어 있는 권혼력이 아니었으면 그는 이미 여러 번도 더 죽었을 목숨이다.

물론 그가 다시 회생한 것은 순전히 권혼력의 신비한 능력 덕분이다.

웬만큼 다쳤으면 길어봐야 하루 정도면 깨끗하게 완치가 됐을 텐데 이번에는 워낙 극심한 상태였기에 닷새가 지난 지금까지도 완전히 치료가 되지 않았다.

그것은 마치 모닥불을 끄기 위해서 물을 뿌렸는데 그 속에 살아 있던 아주 작은 불씨 하나가 오랜 시간 동안 젖은 나무와 숲에 다시금 불을 붙여서 끝내는 활활 타오르게 만든 것과 같다.

"음……."

닷새째 늦은 오후에 도무탄은 낮은 신음과 함께 천천히 눈을 떴다.

작고 흰 구름이 간간히 떠가고 있는 파란 하늘이 제일 먼저 시야에 들어왔다.

그는 멍한 표정으로 하늘을 응시하면서 어떻게 된 일인지 차근차근 생각을 정리했다.

그의 마지막 기억은 아수라처럼 일그러진 영능의 얼굴을 본 것이었다. 그는 지금까지 살아오면서 그토록 섬뜩한 모습을 처음 보았다.

그리고 도무탄은 소구결 권혼신강을 전개할 때의 자신이 마인이 아니라 영능이 바로 마인이라는 생각을 마지막으로 정신을 잃었다.

'놈은 내가 죽은 줄 알고 벼랑 아래로 던진 것이로군. 필경 그 당시의 나는 죽은 것이나 다름이 없었을 거야.'

만약 영능이 도무탄의 목을 자르거나 몸을 절단했다면 제 아무리 권혼력의 능력이 신통하다고 해도 절대로 소생하지 못했을 것이다.

도무탄은 영능과의 싸움 과정을 생생하게 기억하고 있다. 그리고 순간적인 실수로 인해서 돌이킬 수 없는 상황에 처했다는 것과, 영능이 자신을 어떻게 했는지 대부분 기억하고 있다.

마지막 의식이 꺼지기 직전까지 영능은 그의 얼굴과 가슴, 복부를 짓뭉개고 있었다.

또한 도무탄이 의식을 잃은 후에 영능이 어떻게 했을지 짐작하는 것은 어려운 일이 아니다. 그가 그때까지 보여주었던

행동과 그의 아수라처럼 변한 얼굴이 모든 것을 말해주고도
남음이 있다.

'어쨌든 졌다.'

도무탄은 자신의 능력이 영능에 훨씬 미치지 못해서 패했
음을 깨끗이 인정했다.

입장이 바뀌어 도무탄이 이겼다고 해도 그 역시 영능을 죽
였을 것이다.

그렇기 때문에 영능이 자신을 죽이려고 한 것에 대해서는
당연한 결과라고 생각했다.

'팔다리는 제대로 다 붙어 있는 건가?'

슥—

그는 두 손을 들어서 마치 남의 몸을 쳐다보는 것처럼 물끄
러미 바라보다가 이리저리 움직여 보았으나 특별히 아프거나
불편한 곳은 없었다.

'어디 일어나 보자.'

그는 몸을 일으키려고 상체를 조금씩 움직여 보다가 천천
히 일어나서 앉았다.

찰랑…….

잔잔한 물결이 그의 허벅지에서 일렁거렸다. 그는 경사가
완만한 백사장에 다리를 쭉 편 편안한 자세로 앉아 있는 자신
을 발견했다.

그는 아무런 생각도 하지 않는 듯 멍한 얼굴로 시선을 움직여서 잔잔한 못의 물결과 그 너머 유유히 흐르는 그리 크지 않은 강을 바라보았다. 강물이 흐르는 옆으로 물이 흘러 들어와서 못을 형성하고 있었다.

그리고 강 건너에 깎아지른 듯 높고 긴 절벽이 병풍처럼 길게 강을 따라 이어져 있었다.

"나는 죽지 않았구나……."

입술 사이로 중얼거림이 저절로 낮게 흘러나왔다. 그는 영능에게 당하고 있는 동안 아무리 자신에게 권혼력이 있더라도 이번만큼은 죽을 것이라고 생각했었다. 그 정도로 지독하게 당했었다.

"죽지 않을 운명인가……."

그동안 한 번도 생각해 본 적이 없는 '운명'이란 것이 문득 떠올랐다.

영능이 자신에게 무슨 짓을 어떻게 했는지 기억이 없다. 그저 그가 배에 올라타고 앉아서 두 주먹으로 무차별 갈긴 기억뿐이다.

두 사부의 철천지원수인 도무탄을 영능이 살려주었을 리 만무하다.

그렇다면 도무탄 스스로 살아난 것이다. 아니면 운명이 살려주었든가. 어쨌든 그는 아직 살아 있다.

철벅…….

그는 그 자리에 다시 드러누웠다. 자신이 살아났고 이곳이
알 수 없는 첩첩산중인 것을 알았으니 더 이상 확인할 것은
없다.

이제 남은 것은 그의 거취를 결정하는 일이다. 이제부터 어
떻게 할 것인지를.

바스락… 바삭…….

도무탄은 두 시진째 계속 걷고 있다. 태양의 위치로 봐서
그가 가고 있는 방향은 서쪽이고 점점 더 깊은 산중으로 들어
가고 있었다.

영능하고 싸웠던 영산은 하북성에서 북서쪽 찰합이성(察哈
爾省)으로 이십여 리쯤 들어간 곳에 있다.

그는 강물에 의해서 서쪽으로 흘러왔으며 지금도 계속 서
쪽으로 걷고 있다.

서쪽에 무엇인가 있어서 그것을 목표로 삼은 것이 아니라
그쪽의 산세가 험하고 깊기 때문이다.

그는 되도록이면 아무도 찾지 못할 만큼 아주 깊은 산속에
한동안 기거할 적당한 장소를 찾고 있다.

그는 이미 소오대산(小五臺山)의 경내로 깊숙이 들어섰으
나 그 자신은 그런 사실을 모르고 있다. 그로서는 생전 처음

와보는 곳이다.

오대산은 이곳에서 조금 더 서남쪽인 산서성 북쪽에 있으며, 이곳에 있는 소오대산은 산세가 오대산과 흡사하여 붙여진 이름이다.

소오대산의 면적은 오대산의 절반에도 미치지 못하지만, 높이는 천 척 이상 더 높고 험준하기로는 오대산하고 비할 바가 아니다.

바삭… 바삭…….

도무탄은 어떤 조그맣게 졸졸 흐르는 계류를 따라서 계속 상류로 올라가고 있는 중이다.

그는 어디 적당한 곳에 은신처를 마련하고 그곳에서 소구결을 포함한 권혼강공법을 연구해 볼 생각이다.

아까 처음 깨어났던 곳에서 곰곰이 생각한 끝에 그는 소구결에 대한 문제를 완전히 해결하기 전에는 산에서 내려가지 않기로 결심을 했다.

영능에게서 구사일생으로 목숨을 건졌다고 해서 바보같이 좋아하고 있을 때가 아니다.

만약 앞으로 도무탄이 만수무강하면서 살기를 원한다면 절대로 영능하고 부딪쳐서는 안 된다.

독고지연과 은한 자매를 몰래 불러내서 어디 아무도 모르는 곳에 은거하여 죽은 듯이 살면 영능의 눈에 띄지 않고 가늘고도 길게 오래오래 살 수 있을 것이다. 그렇게 사는 것에 만족한다면 말이다.

하지만 그것은 도무탄 자신이 절대로 용납할 수가 없다. 그렇게 사는 것은 사는 거라고 할 수가 없다. 그건 목숨을 연명하는 것이지 사는 게 아니다.

남아가 인생을 살아가는 동안 여자를 사랑한다는 것은 물론 매우 중요하다.

하지만 그것이 인생에서 첫손가락에 꼽힐 만큼 중요한 것은 아니다.

사랑보다 중요한 것은 손가락으로 꼽을 정도로 드물기는 하지만, 분명한 것은 남아가 목숨을 걸어야 할 것은 사랑이 아니라는 사실이다. 최소한 도무탄은 그렇게 생각한다.

만약 이 시점에서 사랑을 인생에서 최고의 높은 가치로 생각하는 남자라면 길게 생각할 것도 없이 하산하여 연인을 찾아가면 될 일이다.

지금 도무탄에게 사랑보다 더 중요한 것이 뭐냐고 묻는다면 두 가지라고 대답할 것이다.

소구결을 완성하여 영능에게 복수하는 것, 그리고 대망(大望)을 이루는 것이다.

그는 태원성을 떠날 때 무림에서 최고의 인물이 되고 동시에 천하제일의 부자가 되겠다고 맹세했었다. 그것이 바로 그의 대망이다. 사내대장부가 한 번 큰 뜻을 세웠으면 반드시 이루어야 하는 것이다.

밤이 되어 도무탄은 계류가의 어느 커다란 바위를 등지고 쉬기로 마음먹었다.

운공조식을 해보니까 어디 한 군데 아픈 곳 없이 깨끗하게 완치가 되었다.

예전 같으면 기뻐할 일인데도 지금의 그는 기쁘기는커녕 그저 우울하기만 했다.

그 자신의 어떤 노력으로 상처가 치료된 것이 아니라 그저 권혼력에 의해서 저절로 치료됐기 때문이다. 이제 와서 다시 생각해 보니까 사실 그는 권혼력에 대해서 아는 게 별로 없는 것 같았다.

알고 있더라도 수박 겉핥기일 뿐이다. 권혼력의 진짜 중요한 알맹이에 대해서는 사실 하나도 모르고 있다. 더구나 소구결만 생각하면 더욱 우울해진다.

슥······.

그는 그대로 한동안 앉아서 계류 건너 어두운 숲을 응시하다가 이윽고 몸을 뒤로 눕히고 눈을 감았다.

그가 원하는 장소를 아직 찾지 못했기 때문에 오늘은 그만 쉬고 내일 날이 밝으면 다시 계류 상류로 올라가 봐야겠다고 생각했다.

눈을 감자마자 잠이 들었다.

지난밤 잤던 곳에서 십여 리 상류에서 드디어 그가 원하던 적당한 장소를 찾았다.

쏴아아―

십여 장 높이에서 물보라를 일으키며 떨어지는 그리 크지 않은 폭포가 있고, 그 아래에는 폭 이십여 장의 아담한 소(沼)가 있으며, 소 건너편은 커다란 바위들이 둥글게 담처럼 둘러쳐져 있다.

그리고 도무탄이 서 있는 이쪽은 조그만 자갈들이 넓게 깔려서 평지를 이루었고, 사방은 몇 장 앞이 보이지 않을 만큼 울창한 원시림이다.

그는 우선 먹을 것을 장만하기로 마음먹었다. 지금 당장은 전혀 배고프지 않지만 앞으로 무공연마에 몰두하려면 미리 준비를 해두어야 한다는 생각이다.

수심이 제법 깊은 소에는 두어 뼘 크기의 씨알 굵은 물고기들이 떼 지어서 다니고 있는 광경이 보였다. 이런 산골에서 물고기를 먹을 수 있다는 것은 작은 행운이다.

또한 가을이 한창 무르익은 산속에는 온갖 종류의 과실 열매가 지천으로 열려 있을 것이다.

그리고 산짐승 한 마리를 잡으면 족히 열흘 이상은 먹을 것 걱정이 없을 터이다.

*　　*　　*

이른 아침. 북경성 북해 남안에 위치한 연지루 일 층 현문 앞에 한 명의 거지가 쓰러져 있다.

맨 처음에 거지를 발견한 것은 연지루의 부지런한 하인인데, 그는 거지를 발견하고는 생사를 확인하려고 발끝으로 툭툭 차보았다.

하지만 거지는 꿈쩍도 하지 않았다. 결국 하인은 거지의 발을 잡고 질질 끌어다가 연지루에서 멀찌감치 떨어진 한적한 호숫가로 옮겨놓았다.

늦은 오후 무렵. 보화와 소진은 연지루에서 나와 나란히 호숫가를 거닐었다.

요즘 연지루 연지상계에서 거주하는 모든 사람, 즉 도무탄의 측근들 생활은 다들 대동소이하다.

모두들 벙어리가 된 듯 말을 잃었으며, 걸핏하면 아무 때나 흐느껴 울기 일쑤다.

식사를 변변하게 하는 사람도 없으며 대신 낮밤을 가리지 않고 술을 마신다.

여러 사람과 어울려서 마시는 게 아니라 혼자 방에서 마시면서 눈물을 흘리며 슬픔에 잠긴다.

그 이유는 순전히 도무탄의 죽음 때문이다. 그의 죽음은 측근들을 모두 슬픔과 무기력증에 빠지게 만들었다. 그러나 이들 중에서 도무탄이 정말로 죽었을 것이라고 믿는 사람은 아무도 없다.

그리고 모두들 그가 언젠가는 반드시 살아서 돌아올 것이라고 굳게 믿었다.

그 믿음은 이들에게 신앙과도 같은 것이고 만약 그것마저 없었다면 단 하루도 지탱하지 못했을 것이다. 그나마 그런 희망이라도 있기에 근근이 목숨을 부지하고 있다.

그렇지만 믿음과 현실의 사이의 괴리(乖離)는 너무 크고 멀면서도 차가웠다.

이들은 모두 도무탄이 살아 있다는 믿음을 품고 살아가려고 애쓰지만, 그가 죽었다는 냉엄한 현실은 시도 때도 없이 여러 모습으로 이들 앞에 불쑥불쑥 나타나서 헛된 믿음 따윈 이제 그만 집어치우고 현실을 직시하라고 싸늘한 조소를 보냈다.

도무탄은 혼자가 아니다. 그가 실제로 죽었다면 여기에 있는 도무탄의 사람들도 머지않아서 실제로 죽음을 맞이할 것이고, 그가 살아서 돌아온다면 도무탄의 사람들은 그제야 비로소 긴 동면(冬眠)에서 깨어날 것이다.

자박자박…….

호숫가의 누렇게 마른 풀 위를 나란히 걷고 있는 보화와 소진은 한마디 말도 하지 않고 호수의 서쪽으로 많이 기운 태양을 등에 업은 채 느린 걸음으로 걷기만 했다.

도무탄이 살아 있을 때에는, 그가 곁에 없더라도 그저 어딘가에 살아 있다는 사실만 알고 있었어도 이 모든 것, 호수와 하늘과 땅과 사람들과 나무와 풀들이 파릇파릇 생동감 있게 살아 있었다.

하지만 그것들 모두는 지금 회색빛이다. 살아 있지도 죽지도 않은 회색으로 보였다.

툭!

"아……."

"앗!"

그때 먼 곳을 바라보면서 걷던 두 여자의 발에 무언가 걸려서 소진이 앞으로 고꾸라지려 했고 보화가 급히 균형을 잡으면서 소진의 손을 잡아주었다.

"아아……."

두 여자는 자세를 추스르고 자신들의 발에 걸린 것이 무엇인지 굽어보다가 어떤 남루한 옷차림의 거지가 엎드린 자세로 있는 것을 발견하고 깜짝 놀랐다.

"여보세요."

평소에 사람의 귀천을 가리지 않는 두 여자는 급히 그 자리에 주저앉아 용을 쓰며 거지를 똑바로 눕혔다.

몸에서 참기 어려울 정도의 악취가 진동하는 거지는 특이하게도 백발이 성성한 깡마른 노파였다.

짝짝……

"이것 보세요. 정신 차려요."

보화는 그 자리에 앉아서 백발의 거지 머리를 자신의 허벅지에 얹고 뺨을 가볍게 두드렸다.

그렇지만 거지는 죽은 것처럼 축 늘어진 상태에서 미동도 하지 않았다.

소진이 거지의 가슴에 귀를 대더니 곧 얼굴을 들고 기쁜 표정을 지었다.

"언니, 심장이 뛰고 있어요."

"진아, 너 얼른 가서 물을 가져오너라."

"네!"

보화가 시키자 소진은 조금 전까지 힘없이 의기소침해 있던 모습이 무색할 정도로 빠르게 연지루로 달려갔다.

보화가 거지에게 물을 먹이는 동안 소진이 거지의 팔다리와 몸을 조심스럽게 주물러 주었다.

"음……."

두 여자의 필사적인 노력 덕분에 백발의 거지는 가느다란 신음을 흘리더니 이윽고 힘겹게 눈을 떴다. 보화는 조심스럽게 물었다.

"정신이 드나요?"

"으음… 연지루에 가야 돼… 연지루……."

"여기가 연지루예요. 저기 보이는 건물이 연지루예요."

소진이 저만치의 연지루를 가리키고 나서 보화가 의아한 얼굴로 물었다.

"연지루에는 왜 가려는 건가요?"

거지꼴의 백발 노파가 하룻밤에 은자를 수백 냥씩 날리는 연지루에 가려는 것이 이상했다.

백발 노파는 의식이 가물가물했다.

"내 동생들… 독고… 지연… 은한… 에게… 가야 해……."

"……."

보화와 소진은 크게 놀라서 눈을 동그랗게 뜨고 백발 노파를 바라보았다.

독고지연과 은한 자매에게 큰언니 독고예상이 있다는 사실은 알고 있었지만, 이런 백발 노파 같은 언니가 있다는 말은 금시초문이다.

소진의 전갈을 받고 소화랑이 달려와서 즉시 백발 노파를 안고 연지루로 향하여 비밀통로를 통해서 곧장 연지상계로 올라갔다.

연지상계의 어느 방 침상에 백발 노파가 눕혀져 있고, 독고 지연과 은한 등 측근들이 모여들었다.

"이 사람이 큰언니라고요?"

"네, 부인."

독고지연의 물음에 보화가 공손히 대답했다.

독고지연과 은한은 침상가에 나란히 서서 백발 노파를 자세히 살펴보았으나 처음 보는 사람이다. 그녀들에게 큰언니라면 독고예상뿐인데 백발 노파는 아무리 살펴봐도 그녀하고는 조금도 닮지 않았다.

소화랑이 안고서 냅다 달리는 바람에 어지러워서 눈을 꼭 감고 있던 백발 노파가 독고지연의 목소리를 듣고 희게 변한 긴 속눈썹을 파르르 떨며 눈을 떴다.

"여… 연아……."

독고지연과 은한은 동시에 깜짝 놀라 백발 노파를 굽어보았다. 그녀의 목소리는 큰언니 독고예상이 분명했다.

"아아… 언니야?"

"그래… 한아… 나다… 예상……."

독고은한이 달려들 듯이 묻자 백발 노파 독고예상은 주르르 눈물을 흘렸다.

"맙소사… 언니가……."

"언니! 정말 큰언니야?"

독고은한은 망연자실하고 독고지연은 찢어질 듯한 비명을 지르며 독고예상에게 달려들었다.

*   *   *

소오대산 전역이 눈에 뒤덮여 있다. 이틀 내내 쉬지 않고 내린 눈은 석 자 이상이나 쌓였다.

꽁꽁 얼어붙은 폭포와 소, 자갈밭도 온통 눈이 수북한데, 그곳에 전에 없던 집 한 채가 생겼다.

도무탄이 임시로 대충 지은 통나무집이다. 이삼 일에 한두 번 불을 피워서 고기를 구워 먹을 때나 잠을 잘 때, 혹은 비나 눈이 오거나 이따금씩 불쑥불쑥 찾아오는 산짐승들이 여간 성가신 게 아니었다.

그래서 처음에는 통나무로 얼기설기 사방의 벽하고 지붕만 만들었었다.

그랬는데 지내다 보니까 이후 점차 필요에 의해서 어느 날은 통나무를 쪼개서 바닥을 깔고, 또 어떤 날은 침상과 탁자,

의자를 하나씩 만들다 보니까 시나브로 제법 집 모양새를 갖추게 되었다.

이곳에 자리를 잡고 권혼에 대해서 궁구하고 연마를 하기 시작한 초기에는 소에서 물고기를 잡거나 산짐승을 잡더라도 날것을 먹었었다.

불도 없을뿐더러 불을 피우면 이곳의 위치를 노출시킬 수 있기 때문이다.

그런데 그는 지금 통나무집 안에서 모닥불에 사슴고기를 구워서 먹고 있다.

연기가 부옇게 집안 가득 차 있지만 그는 개의치 않고 먹는 일에만 열중했다.

연기는 통나무 틈새를 통해서 느리지만 언젠가는 다 빠져나가니까 내버려 두었다.

집 안은 제법 넓었다. 온 천지에 흔한 게 아름드리나무들이어서 일일이 켜거나 자르기도 귀찮아서 그냥 대충 엮어서 지었더니 길이 오 장에 폭 삼 장의 한 칸짜리 큰 집이 되고 말았다.

세간이 있을 리 없다. 그저 엉성하게 만들어서 한쪽 구석에 놓은 침상과 실내 한가운데에 자리를 잡은 탁자, 의자 하나가 전부다.

산중에서 불을 피우면 연기 냄새가 수십 리까지 퍼지고 멀리에서도 연기가 보인다는 사실을 상식으로 알고 있었기에 처음에는 불을 피우지 않았었다. 뿐만 아니라 매사에 조심을 했었다.

그러나 원래 성격이 결곡하지 않고 대범한 그인데다 날고기를 먹는 것이 지겨워서 그깟 불 좀 피우면 어떠랴 싶어 어느 날부터는 돌멩이를 서로 부딪쳐서 불씨를 만들려 하고, 나무를 비비는 등 한바탕 난리 법석을 피운 끝에 간신히 불씨를 얻을 수 있었다.

그때부터 그는 물고기나 산짐승을 잡아서 구워 산열매에 곁들여 식사를 해왔다.

"우걱우걱……."

잘 익은 사슴고기를 맨손으로 뜯어서 걸신들린 것처럼 먹어대는 그의 모습은 사람이라기보다는 한 마리 짐승, 그것도 맹수 같았다.

그는 하루에 한 끼 지금처럼 저녁 식사만 한다. 그저 생존하기 위해서이기 때문에 하루 한 끼면 충분한데, 그 대신 되도록 많이 먹는다.

다음 날 저녁까지 버텨야 하고 또 무공연마를 하면 체력이 많이 소모되고 금세 허기가 지지만 꾹 참고 무공연마에만 몰두했다.

이곳 소오대산 산중에 들어와서 자리를 잡은 지 벌써 두 달

반이 흘렀다.

돌을 날카롭게 갈아서 칼 대용으로 삼아 가끔씩 수염을 밀기는 하지만, 머리카락은 자라는 대로 그냥 내버려 두고 뒤에서 하나로 질끈 묶었다.

수염도 덥수룩해져서 뭘 먹거나 거추장스러움을 느껴야지만 돌칼로 밀어내지 보통 때는 그냥 내버려 둔다.

그는 짐승 가죽을 잘라서 억센 풀잎으로 엮어서 만든 손바닥 크기의 옷으로 사타구니만 가린 모습이다. 원시인이 있다면 바로 이런 모습일 것이다.

영능하고 싸울 때 이미 갈가리 찢어진 옷이 아직까지 남아 있을 리 없다.

겨울이라고 해도 추위를 전혀 타지 않기 때문에 벌거벗고 다녀도 상관없지만, 그러다 보니까 자신이 짐승이라도 된 기분이 들었고, 그래서 자신이 인간임을 잊지 않으려고 최소한으로 가렸다.

저녁 식사로 사슴 다리 하나와 산열매 몇 개를 통째로 맛있게 먹어치운 그는 조금 비장한 표정으로 일어나 통나무집을 나섰다.

슥—

지난 두 달 반 동안 그는 하루에 꼭 한 번씩은 권혼강공법 소구결을 운공했었다.

소구결을 글자 하나씩 풀이를 해보고 아무리 파헤쳐 봐도 이상한 점을 발견하지 못했기 때문에 아예 운공조식을 해서 정면으로 부딪치려는 것이다.

이곳에서 머물기 시작한 지 사오 일째부터니까 어제까지 칠십 번 정도 소구결 권혼강공법을 운공했다.

하루에 딱 한 번만 했다. 그 이상은 하지 않았다. 한 번 하고 나면 진이 다 빠지고 소름이 끼쳐서 두 번 하고 싶은 생각이 눈곱만큼도 없다.

그러나 다음 날이면 어김없이 다시 시도했다. 숨을 쉬지 않으면 살 수 없듯이 소구결을 해결하지 못하면 살지 못할 것처럼 파고들었다.

소구결 권혼강공법을 한 차례 운공하는 데 소요되는 시간은 대중없이 들쭉날쭉했지만 평균 일각 정도면 끝났다.

하루 중 그 외의 시간에는 천신권격 천쇄와 신절, 격광, 권신탄 등을 연마했다.

그는 바깥세상에 있을 때에는 지금처럼 하루에 한 끼만 먹고 또 두 시진만 자면서 하루 종일 무공연마에 몰두했던 적이 없었다.

통나무집을 나온 그는 맨발로 천천히 소로 걸어갔다. 통나무집에서 소까지는 자주 왕래하기 때문에 눈을 깨끗이 치워

놓았다.

그동안 칠십여 차례 소구결 권혼강공법을 운공한 그는 수 많은 시행착오 끝에 최종적으로 하나의 결론에 도달할 수 있었다.

처음에 그는 통나무집에서 될 수 있으면 멀리 떨어진 곳, 여러 장소에서 그리고 기분이 내킬 때 주로 낮에 소구결 권혼강공법을 운공했었다.

그렇게 운공을 하면 늘 그랬듯이 반드시 정신을 잃었으며 처음에는 주변이 엉망진창으로 변해 있었다.

제정신이 아닌 상태에서 권혼신강을 전개하여 그가 있던 곳 주변을 쑥대밭으로 만들어 버린 것이었다.

그러나 회를 거듭할수록 주변을 쑥대밭으로 만드는 정도가 점차 약해졌다.

그리고는 어느 날부터인가 깨어나서 보면 주변이 나무 한 그루 상하지 않고 말짱했다.

그는 그 이유로 이곳에는 싸울 상대가 없기 때문일 것이라고 생각했다.

그는 실전에서 몇 번인가 위기에 처했을 때 권혼강공법을 운공하여 권혼신강을 전개하여 위기를 모면했었다.

그 대표적인 예가 소림사에서 장문인 무각선사와 소림사 장로들을 죽일 때였으며, 그다음은 분광신도 염중기와 상대할 때였다.

그러나 이곳에서 그가 권혼강공법을 운공할 때에는 위기에 처해 있는 상황도 아니었으며 또한 그를 죽이려고 하는 적도 없었다.

그렇기 때문에 권혼강공법을 운공했어도, 그래서 그가 정신을 잃어 마인이 되었다고 해도 주변이 깨끗한 것이다. 그것으로 한 가지는 증명되었다.

그를 죽이려고 하는 상대가 없으면 정신을 잃더라도 마인이 되지 않는다는 사실이다.

그래서 그는 그것을 바탕으로 또 하나의 사실을 추론(推論)할 수 있었다.

그가 권혼강공법을 운공했을 때 주변에 적이 있고 또 위기에 처한 상황에 마인으로 변하는 것은 실상 그가 아니라 또 다른 존재일 것이라는 추측이다.

즉, 또 다른 어떤 영적인 존재가 그의 몸을 빌어서 적을 괴멸시키는 것이다.

도무탄은 마인, 아니, 그 또 다른 존재가 어쩌면 천신권일지 모른다고 추측했다.

그가 이곳에서 꾸준하게 소구결을 운공하여 얻어낸 한 가지 결론은 실로 우연찮게 찾게 되었다.

소구결을 육십 다섯 번이나 운공했어도 별다른 소득이 없어서 맥이 빠지고 있던 어느 날이었다.

그날은 천신권격을 연마하는 것에 정신이 팔려서 시간 가는 줄 모르다가 밤이 돼버렸다.

하루도 빠짐없이 소구결 운공을 해왔었고 밤이라서 좀 께름칙하긴 해도 거르고 싶지 않은 그는 어쩔 수 없이 소구결을 운공해야 하는 상황이 되었다.

그날 밤은 산속으로 깊이 들어가지 않고 근처 숲 속의 공터에서 소구결을 운공했었다.

낮이라면 소구결을 운공할 때 이번만큼은 정신을 똑바로 차리고 있어야겠다고 다짐하는 정도였었고, 어김없이 정신을 잃었다가 깨어나곤 했었다.

그런데 처음 시도하는 밤에는 뭔가 이상하다는 것을 느꼈다. 소구결로 권혼강공법을 운공하고는 정신을 잃는 것은 언제나처럼 변함이 없었다.

그런데 깨어나 보니까 홀린 듯한 기분이 들었다. 마치 누군가와 대화를 나눈 것 같은 기분이었다.

그리고 그 잔재(殘在)가 어렴풋하게 남아 있었다. 하지만 무슨 대화를 나누었는지 그 사람이 누군지는 전혀 기억나지 않았다.

다만 말로는 설명할 수 없는 어떤 느낌 같은 것이 운공이 끝난 후에도 뇌리에 남아 있었다.

그는 권혼강공법 운공 중에 자신과 대화를 나눈 사람이 천신권일 것이라고 추측했다.

백 번을 생각해 봐도 절대로 다른 사람일 리가 없다. 권혼의 주인이 천신권이기 때문이다.

어떻게 해서 그와 대화를 나눌 수 있는 것인지, 그리고 그와 어떤 대화를 나눴는지는 기억나지 않지만 좋은 분위기였던 것만은 분명했다.

원하는 바를 조금 얻어낸 그는 그래서 그날부터는 밤에만 소구결 운공을 하기로 작정을 했으며, 어젯밤까지 네 차례 더 소구결을 운공했고, 첫날밤과 다름이 없는 경험을 연이어서 했다.

아니, 날을 거듭할수록 첫날밤보다 조금 더 진전된 소득을 얻을 수 있었다.

누군가와 대화를 한다는 느낌이 더욱 분명해졌지만 여전히 무슨 대화를 나누었는지는 기억에 남지 않았다. 그러나 어떤 대화인지 모를 뿐이지 대화의 내용에 대해서는 느낌으로 알 수 있었다.

이후 나흘 동안 네 번 더 경험을 한 바에 의하면 도무탄이 천신권이라고 믿는 사람은 그에게 어떤 암시를 주고 있는 것 같았다. 그렇게 해서 도무탄이 얻은 암시는 대략 이런 것들이었다.

―사부, 제자, 가문, 원혼, 보름달

　도무탄은 곰곰이 궁리한 끝에 그것들을 나름대로 꿰어 맞춰보았다.

　―천신권은 사부이고 도무탄은 제자다. 천신권에게는 가문이 있다. 천신권은 삼백여 년 전에 소림사 천불갱에서 죽었으나 영혼은 저승에 가지 못하고 아직도 떠돌고 있다. 달이 가장 크게 차오르는 보름달이 뜨는 밤에 소구결을 운공하면 어떤 큰 변화가 일어난다.

第七十章

사부님!

등롱기

오늘 밤이 바로 보름달이 떠오르는 날이다.

도무탄은 오늘 밤에는 소구결의 비밀을 풀 수 있을 것이라고 기대했다.

그는 멀리 가지 않고 소 가장자리에 자리를 잡고 꽁꽁 얼어붙은 소를 바라보며 가부좌의 자세로 앉았다.

밤하늘을 올려다보고 아직 시간이 좀 이른 것 같아서 잠시 기다리기로 했다.

이윽고 다시 밤하늘을 올려다보니까 그의 바로 머리 위에 슬쩍 건드리기만 해도 뚝 떨어질 것만 같은 커다랗고 밝은 보름달이 휘영청 떠 있었다.

드디어 때가 왔다고 생각한 그는 운공조식에 들어가기 전에 몇 차례 크게 심호흡을 연이어서 했다.

그의 추측대로라면 오늘 보름달이 뜬 밤에 획기적인 무슨 일이 일어날 것이 분명하다.

이윽고 그는 긴장을 가라앉히고 소구결을 포함한 권혼강공법을 운공하기 시작했다.

그런데 운공에 들어간 지 열 호흡이 지났는데도 아무런 일도 벌어지지 않았다.

다른 때 같으면 그는 이미 권혼강공법을 운공하여 정신을 잃었을 텐데 지금은 아무렇지도 않다.

뭔가 이상하다. 그는 눈을 뜨지 않은 상태에서 내심 고개를 갸웃거리면서 생각했다.

'내가 지금 정신을 잃은 것인가?'

한 번도 이런 일이 없었기 때문에 그런 생각마저 들었다. 제정신을 잃었다면 생각 자체를 할 수 없을 텐데도 생각은 원활하게 됐다.

결국 그는 그럴 리는 없겠지만 권혼강공법이 제대로 운공되지 않았기 때문일 것이라고 생각했다.

지금은 그렇게밖에는 생각할 수가 없는 상황이라서 다시 한 번 시도하기로 했다.

"……?"

그런데 이번에는 어이없는 일이 일어났다. 운공조식이 되지 않은 것이다.

지금까지 수천 번이나 해온 권혼강공법 운공조식이 갑자기 되지 않다니 있을 수 없는 일이다.

긴장한 나머지 구결을 뭔가 빼먹었기 때문인가 싶어서 다시 시도했으나 여전히 운공조식이 되지 않았다. 벽에 부닥치고 말았다.

그는 조금 전에 권혼강공법을 운공하고 나서 아무런 반응이 없었던 이유가 운공조식이 되지 않았기 때문이라는 사실을 비로소 깨달았다.

'이게 도대체……'

도무탄으로서도 황당한 일이라서 이럴 땐 어떻게 해야 할지 대책이 서지 않았다.

그가 고민하고 있을 때 갑자기 난생처음 겪는 매우 이상한 느낌이 들었다.

몸속 저 밑바닥 깊은 곳에서 무언가 꿈틀거리더니 이윽고 스멀스멀 솟아오르고 있다.

단전에 단단하게 웅크리고 있던 그 무엇인 것 같은데, 어찌 보면 단전 자체가 한꺼번에 수면 위로 떠오르듯이 솟구치는 것 같았다.

기분이 매우 이상했다. 몸속의 내장이 한꺼번에 빠져나가는 듯한 느낌이다.

'어… 어…….'

느닷없는 일에 그가 놀라고 있을 때 단전이라고 생각하는 그것은 어느새 그의 목을 타고 솟구쳐서 머리통 전체로 슈욱! 하고 빠져나갔다.

펄럭…….

그러더니 어떤 작은 물체가 그의 얼굴 앞으로 가랑잎처럼 팔랑거리면서 떨어지는 느낌이 들어서 번쩍 눈을 뜨고 그것을 쳐다보았다.

'이것은?

그는 자신의 앞에 떨어져 있는 종잇장처럼 얇은 물체를 발견하고 크게 놀랐다.

그것은 다름 아닌 권혼(拳魂)이었다. 최초에 녹상에게 은자 천만 냥을 주고 샀었던, 오른손처럼 생긴 인피로 만든 바로 그 장갑이었다.

그 당시에 도무탄은 호기심을 억누르지 못하고 그것을 무심코 오른손에 끼었다가 오른팔, 아니, 몸속으로 스며드는 바람에 소스라치게 놀랐었다.

그리고 그때부터 권혼과 권혼력으로 인한 모든 일이 시작됐었고, 그의 인생이 완전히 변했었다.

그런데 지금 갑자기 체내에 스며들어 있던 그 권혼이 머리 위에서 팔랑팔랑 떨어져 내렸다.

그렇다면 조금 전에 단전 전체가 떠올라서 머리 위 정수리로 빠져나갔던 것은 바로 이 권혼, 즉 인피 장갑이었다는 말인가.

그리고 이것이 그의 몸에서 빠져나왔다는 것은 이제 더 이상 그에게 권혼력이 없다는 뜻일 수도 있다. 그게 사실이라면 권혼신강을 발출하기는커녕 이제는 제대로 주먹질도 할 수 없게 된 것이다.

그는 머리가 헝클어진 실타래처럼 혼란스러웠으나 한 가지 사실만은 분명하게 알았다.

권혼이 체내에서 빠져나왔으니 이제 자신과 권혼하고의 인연은 이것으로 끝났다는 사실이다.

그는 더 이상 천하오룡의 등룡신권이 아니라 그저 해룡방주 무진장일 뿐이다.

그는 소구결이 포함된 권혼강공법을 완성시켜서 더욱 강해지려고 이런 깊은 산중에 은둔하면서 짐승처럼 살아가며 혼신의 노력을 기울여 왔었다.

그런데 그게 한순간에 물거품이 되어 사라졌다는 절망감에 온몸의 맥이 풀렸다. 잘해보려고 기를 썼는데 오히려 망쳐 버린 것이다.

한 가지 사실은 분명해졌다. 달이 가장 크고 밝게 가득 찬 보름날 밤에 소구결이 포함된 권혼강공법을 운공조식하면 체내에 있던 권혼의 근원인 인피 장갑이 체외로 이탈되는 것이었다.

이제는 다 끝났다. 모든 게 물거품이 되었다. 영능에게 복수를 하는 것도, 무림최고의 고수가 되겠다는 야망도 한순간에 스러져 버렸다.

"허허… 이렇게 부질없는 것을……."

아주 짧은 순간이지만 그는 모든 것을 잃어버렸다는 허탈감 끝에 불가에서 수십 년 정진을 하여 마침내 득도(得道)를 한 고승의 그 무엇을 얻은 것 같은 기분이다.

힘겹게 허위허위 올라와 정상을 불과 몇 걸음 남겨둔 시점에서 다시 몸을 돌려 산을 내려가야만 하는 그런 심정이 지금 그의 기분이었다.

스우우…….

그런데 그때 갑자기 그는 머리 위에서 이상한 소리, 아니, 조짐을 감지했다.

아직 고개를 들어 올려다보지는 않았으나 단지 느낌만으로 보름달이 하강하고 있는 듯한 분위기를 느꼈다. 주위가 갑자기 환해지면서 기이한 기운이 느껴지기 때문이다. 그는 움찔 놀라 급히 고개를 들었다.

"……!"

순간 그는 두 눈을 커다랗게 뜨고 입도 찢어질 것처럼 크게 벌리며 경악하는 표정을 지었다.

휘영청 보름달을 후광처럼 등에 업고 아래로 하강하고 있는 하나의 존재를 발견한 것이다.

보름달을 업고 있어서 마치 보름달이 지상으로 하강하는 듯한 착시가 생겼다.

도무탄이 넋 나간 표정으로 올려다보고 있는 중에 그 존재는 도무탄의 앞쪽으로 서서히 하강했다.

"……."

도무탄은 자신의 전면 일 장 거리에 그를 향해 마주 보며 가부좌의 자세로 소의 얼음에서 반 장 높이에 떠서 멈춘 존재를 망연자실한 얼굴로 바라보며 중얼거렸다.

"사부님이십니까……?"

누가 가르쳐 준 것도 아닌데 그 존재를 보는 순간 그렇게 느꼈다.

"하하하! 사부라는 소리, 듣기 좋구나."

"제자 도무탄이 사부님을 뵙습니다."

그 신비한 존재, 즉 천신권이 고개를 끄떡이면서 흐뭇하게 껄껄 웃자 도무탄은 즉시 무릎을 꿇고 공손히 아홉 번 절을 올렸다.

그가 절을 하는 동안 꽤 긴 시간이 흘렀으나 천신권은 아무 말도 하지 않았다.

도무탄은 그의 얼굴을 한 번도 보지 않은 채 줄곧 경건하고 존경하는 마음으로 절을 올렸다.

그렇지만 천신권, 아니, 사부가 흐뭇한 미소를 짓고 있을 것이라고 짐작했다.

그런데 틀렸다. 도무탄이 절을 마치고 일어나서 두 손을 앞에 모으고 바라보자 정말 뜻밖에도 사부는 눈물을 흘리고 있었다.

그때 도무탄은 사부의 모습을 처음으로 자세히 보았다. 마치 작은 보름달이 얼음 위에 떠 있는 듯 신비하고도 찬란한 광휘가 전신에서 은은히 뿜어지고 있었다.

천신권은 사십오륙 세 정도의 중년인이었다. 중후하면서도 단아한 서생 같은 풍모에 일신에는 백의 단삼을 입었고, 머리는 산뜻하게 상투를 틀었으며, 상투에는 한 뼘 길이의 녹색 비녀가 꽂혀 있었다.

소림사가 주축이 되고 팔대문파가 개처럼 떠들어댔던 수천 명을 학살한 혈살성의 모습은 그에게서 조금도 찾아볼 수가 없었다.

도무탄은 사부를 바라보면서 넋 잃은 표정을 지었다. 천신권은 도무탄이 가장 좋게 상상할 수 있는 중년 남자의 가장 완벽한 외모를 지니고 있었다.

부처처럼 큼직하고 탐스러운 귀에 코밑과 입 주위에 손가락 한 마디 길이의 검은 수염을 길렀으며, 턱에는 반 뼘 정도의 수염이 늘어져 있다.

"사부님······."

도무탄은 천신권의 눈물에 크게 놀라고 당황해서 어쩔 줄을 몰랐다.

설마 난생처음 보는 사부가 갑자기 울 줄이야 조금도 예상하지 못했다.

"무탄아."

천신권은 눈물을 멈추지 않으면서 자상한 목소리로 조용히 도무탄을 불렀다.

"네, 사부님."

공손히 대답하면서 천신권을 바라보는 도무탄은 문득 사부의 눈에서 떨어지는 것이 눈물이 아니라 보석 같다는 생각이 들었다.

천신권의 두 눈에서 흘러내린 눈물은 방울방울 떨어져서 얼음 바닥에 부딪치며 산산이 흩어지는데 반짝반짝 영롱하게 빛났다.

그 빛이 월광보다 더 밝게 도무탄의 가슴으로 쏟아져 들어와서 감격이 되었다.

"삼백십오 년 만에 처음으로 보는 사람이 내 제자라니 감격스럽기 한량없구나."

"아……."

천신권의 말에 도무탄은 그가 왜 눈물을 흘리는지 알게 되어 가슴을 저미는 아픔과 슬픔을 동시에 느꼈다.

말로 하기 쉬워서 삼백십오 년이지, 사람의 수명을 육십 년이라고 치자면 다섯 번의 삶을 살고서도 십오 년이 남는 장구한 세월이다.

도무탄은 천신권이 어쩌다가 권혼에 갇혔으며 또 어떤 상태로 지냈었는지 짐작조차 하지 못한다.

그러나 지금 도무탄 눈앞에 있는 신비한 존재가 사람이든 아니면 영혼이든 간에, 그 긴 세월 동안 소림사 천불갱과 장경각 안에 갇혀 있다가 천신만고 끝에 도무탄으로 인해서 세상 밖으로 나왔으니 그 감회야 이루 말할 수 없을 정도일 것이다.

더구나 삼백십오 년 만에 처음 보는 사람이 권혼을 물려받은 제자 도무탄이고, 그가 처음 보는 사부에게 사부지례로 아홉 번의 절을 올렸으니 사부로서 감개무량하여 눈물을 흘리지 않을 수 없을 터이다.

한 가지 분명한 사실은, 천신권의 말로 미루어 그는 이미 도무탄을 제자로 인정하고 있다는 것이다.

도무탄은 감히 사부가 걸어온 인고의 세월과 지금의 복잡한 심정을 짐작하는 것조차도 죄송스러워서 아무 말도 하지 못하고 그를 바라보기만 했다.

그런데 어찌된 일인지 갑자기 도무탄 눈에서도 굵은 눈물이 흐르기 시작했다.

아마도 사부의 삼백십오 년 회한이 조금쯤 그에게 전가되었던 모양이다.

"무탄아."

천신권은 더없이 자상한 미소를 지으면서 그리고 따스하기 이를 데 없는 목소리로 그를 불렀다.

도무탄은 그 목소리만 들어도 울컥 눈물이 솟구쳤다.

"네, 사부님."

"오늘은 대설(大雪)이 하루 지난 보름날로써 일 년 중에 달의 기운 월정(月精)이 가장 강한 날이다."

도무탄은 사부의 말을 듣고서야 오늘이 일 년 절기 중에서 대설 다음 날이라는 사실을 깨달았다.

그는 대설이고 뭐고 그저 느낌으로 오늘 밤 보름달이 가장 크게 뜰 것이라고 판단했었다.

"일 년 중에 단 하루, 그것도 대설 다음 날 해시(亥時:밤 10시경) 무렵에 네가 운공조식을 해야지만 내가 금제(禁制)에서 풀려날 수 있는데 오늘 밤 그리되었다. 과연 나는 제자를 잘 선택했도다."

도무탄이 오늘 밤 해시에 운공조식을 한 것은 우연의 일치라고밖에는 말할 수가 없다. 그가 뭘 알고서 이런 일을 한 것이 아니기 때문이다. 이것은 소가 뒷걸음질하다가 쥐를 잡은 격이다.

하지만 그는 그보다도 천신권의 말에 어리둥절해졌다. 천신권이 '금제'를 당했었다는 사실과 '제자를 잘 선택했다'라는 말 때문이다.

그러나 그가 그걸 묻기도 전에 천신권이 말했다.

"무탄아, 내겐 시간이 그리 많지 않다. 반 시진 후 월정의 기운이 스러지면 내가 가야 할 곳 동천(東天)으로 떠나야만 하느니라."

"사부님, 떠나신다는 말씀입니까?"

도무탄은 천신만고 끝에 간신히 만난 사부가 불과 반 시진 후에 떠난다는 말에 가슴이 철렁 내려앉았다. 그는 헤어짐이 이토록 쓰라리다는 사실을 처음 실감했다.

"무탄아, 내 말을 잘 들어라."

천신권이라는 별호는 소림사가 제멋대로 붙여준 것이며 그의 이름은 고연후(高燕后)다.

고연후의 고향은 중원에서 동쪽으로 수천 리 떨어진 머나

먼 곳에 있다.

중원에서는 그곳을 동방(東邦)이라고도 하고 혹은 동이(東夷)라고 부른다.

삼백이십이 년 전 어느 날. 고연후 가문의 혈족 중에 젊은 남녀 열두 명이 먼 곳으로 사냥을 하러 나갔다가 횡액(橫厄)을 당하는 일이 벌어졌다.

사건의 발단은 이러했다. 그들이 가문에서 멀리 떨어진 곳까지 진출하여 사냥을 하고 있는데, 갑자기 어디선가 우렁찬 기합 소리와 싸우는 소리가 들려와서 이상한 생각에 그곳으로 가보았다.

울창한 숲 가운데의 드넓은 공터에서는 처음 보는 복장을 한 무인(武人) 수십 명이 한데 어울려서 치열하게 격전을 벌이고 있었다.

워낙 무술을 좋아하는 고가의 청년들은 사냥하는 것도 잊은 채 그 광경을 구경하느라 여념이 없었다.

자세히 살펴보니까 공터의 무인들은 실제로 싸우는 것이 아니라 공터 곳곳에서 여러 개의 크고 작은 무리를 이루어서 실전을 방불케 할 정도로 치열하게 무공수련을 하고 있는 것이었다.

그런데 그때 구경하고 있던 고가의 청년들이 무인들에게 발각되어 순식간에 포위되고 말았다. 고가의 청년들은 자신들이 그다지 잘못한 것이 없기에 도망치지 않았는데 그것이 잘못이었다.

고가의 청년들은 자신들의 신분을 밝히면서 사냥을 하러 왔다가 우연히 이 광경을 목격하게 되었노라고 설명을 하며 정중하게 사과를 했다.

그러나 무인들은 고가 청년들의 말을 다 들으려고도 하지 않고 다짜고짜 무차별적인 공격을 해왔다.

고가 청년들은 하나같이 대단한 고수지만 무인들의 무위도 만만치 않았으며 무엇보다도 그들의 수가 많아서 압도적으로 우세했다.

결국 치열한 싸움 끝에 고가 청년 중에 여덟 명이 죽고 두 명이 납치되어 끌려갔으며, 두 명만이 중상을 입은 채 간신히 목숨을 부지하여 가문으로 돌아왔으나 그중 한 명마저 죽고 말았다.

중원에서는 동고신가(東高神家), 즉 '동쪽에 사는 신의 가문'이라 불리는 고가(高家)의 당대 가주인 고연후는 즉시 측근 수십 명을 이끌고 사고가 났던 지역으로 달려갔다.

그 지역은 백두산(白頭山) 북쪽 자락의 드넓은 원시림인데 인근에 무송현(撫松縣)이라는 곳에 중원에서 온 무리가 머물고 있다는 말을 듣고 그곳으로 내달렸다.

그렇지만 고연후 일행이 서둘러서 무송현에 당도했을 때

에는 중원에서 왔다는 무리는 이미 중원으로 출발한 지 이틀
이나 지난 후였다.

고연후는 중원에서 온 무리가 누군지 그들이 머물렀던 무
송현 토호(土豪)의 집으로 찾아가서 그를 닦달하여 자세히 알
아보았다.

토호는 그들에 대해서 자세히는 모른다고 했으나 그들이
누구인지, 무엇 때문에 이곳에 온 것인지는 고연후에게 말해
주었다.

토호의 말에 의하면 그들은 모두 구십칠 명이고, 중원무림
을 지배하고 있는 일개 맹(盟)에서 선발된 주로 이십 대와 삼
십 대의 젊은 고수로 이루어졌으며, 소림사를 비롯한 '삼팔
명문'이라고 했다.

'삼팔명문'은 중원무림 한 지역의 패자로서 팔대문파와
팔십팔 개 명문세가다. 즉, 소림사를 비롯한 구십칠 개 문파
의 고수라는 것이다.

또한 그들이 중원무림에서 멀리 떨어진 이곳까지 온 이유
는, 매년 치르는 그들만의 연례행사로서 일종의 단합과 무공
연마가 목적이라고 했다.

말하자면 그들 구십칠 명은 이곳에 유람을 겸한 단합과 무
공연마를 목적으로 왔다가 숲에서 고가의 청년들과 마주쳐서
혈기가 동해 싸움을 벌였던 것이다.

고가의 청년들을 구태여 죽이거나 납치하지 않아도 되는데 재미로 그랬다는 것이다.

고연후는 토호로부터 소림사와 구십육 개 문파의 이름, 위치를 자세히 알아냈다.

이후 측근들에게는 고가로 돌아가라 이르고 고연후 혼자서 구십칠 명을 추격하기 시작했다.

구십칠 명에게 고가의 청년들을 무차별 죽인 죄를 묻는 것은 물론이고, 그들에게 납치된 두 사람, 즉 고연후의 질녀(姪女) 둘을 구하는 것이 목적이다.

중원에서 고가를 동고신가라고 높이 부르는 데에는 그럴 만한 이유가 있다.

고가는 단 한 번도 중원무림에 진출하지 않았으나 그들의 무공이 신의 경지에 도달했다는 소문이 신비하게 나돌았기 때문이다.

만약 이곳에 온 구십칠 명 중에서 강호의 경험이나 지식이 풍부하거나 동고신가에 대해서 조금이라도 알고 있는 나이 든 사람이 있었다면 절대로 고가의 청년들을 건드리지 않았을 것이다.

깊이 잠들어 있는 동방의 신룡(神龍)을 건드려서 깨우는 것은 어느 면으로나 좋지 않기 때문이다.

무송현을 출발한 고연후는 구십칠 명을 맹렬하게 추격하

였으나 늦고 말았다.

그들은 이미 중원에 당도하여 각자의 문파로 뿔뿔이 흩어진 상황이었다.

고연후는 절대로 빈손으로 돌아갈 수는 없었다. 구십칠 명에게 죄를 묻는 것은 포기한다고 쳐도 납치된 두 질녀를 포기할 수는 없었다.

중원에 도착한 그는 가장 어렵고도 단순하지만 확실한 방법을 선택했다.

구십칠 개 문파를 하나씩 찾아다니면서 백두산 자락 무송현에 왔었던 고수를 직접 만나는 것이다.

고연후가 최초로 찾아간 문파는 삼팔명문 중에서도 유명한 북경성의 뇌전팽가였다.

고연후가 찾아갔을 때 뇌전팽가에서는 성대한 연회가 한창 벌어지고 있었다.

다음 대 가주로 정해진 가주의 장남 팽형도(彭衡道)가 소림사를 비롯한 삼팔명문의 자제들과 함께 동방여정을 무사히 다녀온 것을 축하하기 위한 연회였다.

고연후가 그곳에서 팽형도가 누군지 식별하는 것은 매우 쉬운 일이었다.

초로의 가주 옆에 앉아서 모든 사람의 축하를 한 몸에 받고 있는 청년만 찾으면 됐다.

고연후는 자신의 신분을 당당하게 밝히고 팽형도에게 두 질녀가 어디에 있는지 물었다.

잠시 당황하는 듯하던 팽형도는 무슨 소리를 하는 것이냐며 딱 잡아뗐다.

고연후는 어쩔 수 없이 무력을 사용하여 순식간에 팽형도를 제압하여 뇌전팽가를 벗어난 후에 한적한 곳에서 그를 고문하여 두 질녀에 대해서 다시 물었다.

고연후의 신적인 실력을 직접 겪은 팽형도는 공포에 질려서 거짓 없이 실토를 하였고, 그의 말을 듣고 난 고연후의 분노는 하늘을 찔렀다.

이제 겨우 십칠, 팔 세인 두 질녀를 구십칠 명이 돌아가면서 강간을 하고는 끝내 죽여서 시신을 들판에 버려 짐승들의 먹이가 되게 만들었다는 것이다.

고연후는 한 주먹으로 팽형도의 머리를 짓이겨서 즉사시킨 후에 중대한 결심을 했다.

고가의 청년 아홉 명을 죽이고 두 질녀를 강간, 무참하게 죽인 구십칠 명을 일일이 찾아다니면서 모조리 죽여 복수를 하겠다고 말이다.

고연후는 목적을 이루었다. 마지막으로 소림사 장문인의 대제자 공명(空明)까지 구십칠 명을 모두 다 죽이는 데 일 년이나 걸렸다.

그렇지만 그게 끝이 아니었다. 소림사에서 고연후를 잡으려는 무림추살령을 발동했다.

그때부터 고향으로 돌아가지 못한 고연후의 외로운 싸움은 새로운 국면으로 접어들었다.

고연후에게는 두 개의 새로운 이름이 붙여졌다. 혈살성, 그리고 천신권이라는 별호가 그것이다.

그는 두 질녀를 죽인 원수들을 천하를 떠돌면서 일일이 찾아다니며 복수를 한 것이지만, 소림사를 비롯한 팔대문파, 그리고 팔십팔 개 소위 명문세가라는 자들은 그에게 억울한 누명을 씌웠다.

무림인들이 흔히 알고 있는 천신권에 대한 소문, 즉 그가 천하를 떠돌면서 일대일 대결을 벌여서 무려 천팔백이십 명을 죽였다는 사실은 조작된 것이었다. 고연후는 단지 복수를 했을 뿐이었다.

그 당시 소림사 장문인 불영선사가 고연후에게 발동한 무림추살령을 정당화시키기 위해서 없는 사실을 만들어냈던 것이다.

고연후, 소림사가 지어낸 별호 혈살성 천신권은 끝내 고향으로 돌아가지 못했다.

그는 소림사를 비롯한 구십칠 개 문파, 소위 삼팔명문이 중심이 되어 구성된 무림추살대에 쫓기면서 장장 육 년 동안 천하를 떠돌아다녔다.

그러다가 무림추살대 수천 명을 죽이고 나서 육 년 만에 제압되어 소림사로 호송되었다.

무림에 알려지기로는, 천신권을 소림사 천불갱에 가둬놓았는데 한 달이 지난 후에 홀연히 사라졌다고 했으나 그것 역시 소림사가 퍼뜨린 헛소문이다.

실제로 소림장문인 불영선사는 고연후를 제압하여 소림사에 호송해 오자마자 그에게 불문의 특수한 금제를 걸어 그의 영혼과 심득, 공력을 모두 오른손 인피에 몰아넣고는 그를 무참하게 죽여 버렸다.

그의 무공을 남겨둔 이유는 순전히 동고신가의 절학에 대한 불영선사의 욕심 때문이었다.

이후 불영선사는 고연후의 오른손 인피를 벗겨서 오늘날까지 소림사 장경각에서 보관해 왔던 것이다.

"그랬습니까?"

고연후의 긴 설명을 듣고 난 도무탄은 솟구치는 분노로 인하여 숨을 쉬는 것조차도 어려웠다.

고연후는 조용한 동방의 고씨문중의 가주로서 납치된 두

질녀를 구하겠다는 순수한 일념을 품고 중원무림으로 들어왔었다.

이후 그는 두 질녀가 소림사를 위시한 삼팔명문의 후계자인 구십칠 명에게 무참하게 강간과 죽임을 당하여 들판에 버려졌다는 사실을 알고 분노했다.

그가 두 질녀의 원한을 갚기 위해서 구십칠 명을 일일이 찾아다니면서 죽인 것은 당연히 해야 할 일이었다.

그가 행한 일에 대해서 무림인들이 액면 그대로 알게 됐더라면, 그가 한 일은 전설이 됐을지언정 아무도 그를 탓하지 않았을 것이다.

그랬거늘 소림사와 삼팔명문은 그에게 혈살성이라는 억울한 누명을 씌워서 장장 육 년 동안이나 추격해서 끝내는 잡아서 죽이고, 용서받지 못할 금제까지 걸어두었다.

고연후는 두 질녀를 구하겠다는 순수한 심정으로 중원무림에 들어왔으나 끝내 고향의 가문으로 돌아가지 못했다. 장장 삼백십오 년, 아니, 그가 두 질녀를 죽인 원흉 구십칠 명을 죽인 일 년과 무림추살대에 쫓긴 육 년을 더하면 무려 삼백이십이 년 동안이나 고향에 돌아가지 못한 것이다.

"으드득……! 저는 절대로 소림사와 삼팔명문이라는 것들을 용서할 수 없습니다. 반드시 그들을 모조리 죽여서 사부님의 원한을 갚아드리겠습니다……!"

도무탄은 극도로 분노하여 눈물을 흘리면서 움켜쥔 주먹을 부들부들 떨었다.

"무탄아, 그럴 필요 없단다."

"그렇지만 사부님……."

고연후는 인자한 미소를 지으며 그를 만류했다.

"나는 그 당시에 구십칠 명을 죽임으로써 이미 두 질녀의 원수를 갚았다."

도무탄은 결기를 내며 외쳤다.

"그렇지만 사부님께서는요? 사부님께선 당연한 일을 하셨는데도 불구하고 억울한 죽음을 그것도 금제까지 당하셨잖습니까?"

고연후의 미소가 더욱 짙어졌다.

"너의 그런 갸륵한 마음이면 나는 족하다. 나는 이로써 나와 중원무림의 악연을 매듭지으려고 한다."

도무탄은 자신이 복수를 하려다가 위험에 빠질까 봐 만류하는 사부의 마음을 짐작할 수 있기에 가만히 있었다. 하지만 내심으로는 다른 생각을 하고 있었다.

"무탄아, 나는 가야 할 시간이 다 되었다."

"사부님……."

도무탄은 고연후가 처음 나타난 이후 만연한 월정이 소멸하는 반 시진이 지나면 그가 사라질 것이라는 사실을 이미 알고 있었다.

하지만 막상 그 시간이 다가오자 도무탄은 슬픔과 안타까움으로 가슴이 미어졌다.

"녹상이 나를 너에게 팔았을 때 나는 네가 훌륭한 제자가 될 것이라는 사실을 한눈에 알아보았단다. 그래서 영혼이나마 하늘에 감사했었지."

"아……."

도무탄이 궁금하게 여겼던 점을 고연후가 설명했다. 그는 영혼이 되어 인피 장갑에 갇혀 있으면서도 돌아가는 모든 상황들을 알고 있었던 것 같다.

"그래서 너를 선택했다."

도무탄은 퍼뜩 깨달아지는 것이 있었다.

"아! 그럼 인피 장갑… 아니, 사부님께서 제 오른팔로 스며든 것이……."

"그렇다. 나의 선택을 받지 않은 사람이었다면 아무런 변화도 일어나지 않았을 것이다."

"그랬었군요……."

"녹향과 녹상은 나를 오른손에 끼었지만 나는 그들이 많이 부족하다고 생각했었다."

"그들 부녀가 사부님을……."

"그렇다."

도무탄은 녹향과 녹상 부녀가 권혼에 사심을 품고 직접 손에 꼈다는 말을 듣고 절로 실소가 나왔다. 그들도 인간인지라 욕심을 버릴 수 없었던 것이다.

"무탄아. 나의 모든 심득과 정화를 너의 몸속과 마음에 남겨두었으니 이후 너는 네 뜻대로 마음껏 살아라."

"사부님……."

인피 장갑이 자신의 몸에서 빠져나옴으로 인해서 권혼을 잃은 것이 아니라는 사실을 깨닫고 도무탄은 크게 감격하여 말을 잇지 못했다.

"본가의 무예는 용권(龍拳)이라 하며 원래 초식 같은 것이 없다."

고연후의 말에 도무탄은 조용히 읊조렸다.

"용권… 훌륭한 이름입니다."

고연후는 짧은 시간에 걸쳐서 도무탄이 해주어야 할 일을 설명했다.

그때 그의 모습, 아니, 영상이 가볍게 흔들리는가 싶더니 흐려지기 시작했다.

"사부님!"

도무탄은 고연후가 사라지는 것이라 여기고 자지러지듯이 소리쳤다.

"무탄아, 너를 한 번 안아볼 수만 있다면 좋으련만……."

고연후는 모습이 빠르게 흐려지면서도 얼굴에는 온화한 미소를 가득 지었다.

그는 이제 앞으로 영원히 만나지 못할 제자를 직접 안아보고 싶었으나 그러지 못함을 안타까워했다.

도무탄은 튕기듯 몸을 날려 고연후에게 달려들어 두 팔로 힘껏 그를 안았다.

그리고 착각이었을까. 그는 매우 단단하면서도 부드러운 몸이 두 팔과 가슴 가득 안겨드는 것을 느꼈다.

영혼을 안을 수는 없으나 그는 심신으로 온전히 그를 안았다고 믿었다.

"사부님……."

그는 고연후의 품에 안겨서 얼굴을 비비는데 하염없이 눈물이 쏟아졌다.

그리고 잠시 후 정신을 차렸을 때, 그곳에는 아무것도 남아 있지 않았다.

고개를 들어 밤하늘을 올려다보니 머리 위에 있던 보름달은 한쪽으로 약간 기울어 있었다.

월정이 사라지고 있었다.

第七十一章

고옥군(高玉君)

등롱기

소오대산에 있던 도무탄은 석 달 만에 사람들이 사는 곳으로 돌아왔다.

그러나 그는 북경성 연지루로 가지 않고 곧장 동쪽으로 향했다. 그의 목적지는 동방의 동고신가다.

*   *   *

도무탄은 한 달여 만에 무송현이라는 곳에 당도했다. 이곳으로 오는 동안 해를 넘겨서 그는 이십이 세가 되었다.

무송현은 삼백이십이 년 전 고가의 측근들을 이끌고 온 고연후가 토호에게 고가 청년들을 죽이고 납치한 무리에 대해서 추궁했던 곳이다.

도무탄은 무송현에서 다시 남쪽으로 향하여 하루 만에 꽁꽁 얼어붙은 거대한 압록강(鴨綠江)을 걸어서 건너 고려국(高麗國)의 영토로 들어섰다.

이후 강변을 따라서 하류로 십오 리 정도 내려가다가 백두산 남쪽 자락에 위치한 솔빈(率賓:양강도 혜산)이라는 마을에 도착했다.

수북한 눈에 덮여 있는 마을에 들어선 그는 그곳의 너무도 수려한 경치에 감탄을 금하지 못했다.

또한 마을 사람들은 흰색의 특이한 복장의 두툼한 누비옷을 입었는데 더러 짐승 털옷을 입은 사람도 보였다.

그들은 중원 복장을 한 도무탄을 보고서 신기한 표정을 지었으나 경계하지는 않았으며 어쩌다가 시선이 마주치면 수줍은 미소를 지으며 가벼운 목례를 보냈다.

그걸 보고 도무탄은 이곳 사람들의 심성이 순수하고 선량하다는 사실을 알게 되었다.

이들은 중원의 한인들하고는 근본적으로 다른 기질의 종족인 것 같았다.

뭔가 세파에 찌들지 않고 때 묻지 않은 숭고함과 고결함이 느껴졌다.

마을은 압록강변을 따라서 길게 형성되어 있으며, 오백 장 길이의 대로 양쪽으로 고만고만한 크기의 집들이 줄지어 늘어서 있었다.

백두산은 워낙 높고 거대해서 동서의 길이가 천여 리, 남북은 팔백여 리에 이른다.

이처럼 깊은 백두산 산중에 중원의 번듯한 여느 현하고 비교를 해도 뒤지지 않을 잘 가꾸어진 마을이 있다는 사실이 신기하기만 했다.

도무탄은 대로를 따라서 걸으며 자신의 힘으로 목적지를 찾아보려다가 포기했다. 그리고 마을 사람에게 사부 고연후가 가르쳐 준 고려의 말로 정중하게 물었다.

"태왕가(太王家)는 어디로 가야 합니까?"

놀랍게도 마을 사람은 그를 태왕가 전문 앞까지 친절하게 안내해 주었다.

고연후는 고려국 북쪽 국경 마을인 솔빈에 가서 '고가'라고 하면 사람들이 모를 것이므로 '태왕가'라고 말해야 한다고 가르쳐 주었다.

마을 사람이 도무탄을 안내해 준 태왕가는 가장 번화한 대로 중심가에 있었다.

그런데 장원의 전문에는 따로 현판 같은 것이 걸려 있지 않아서 도무탄으로서는 그곳이 태왕가인지 아닌지 확인할 길이 없었다.

더구나 전문이 양쪽으로 활짝 열려 있었으며 지키는 사람이 한 명도 없고 마을 사람들이 제집처럼 자유롭게 장원 안으로 드나들고 있었다.

태왕가라고 하면 뭔가 엄숙하고 장중한 느낌인데 도무탄이 본 이곳은 마을 사람 모두가 공동으로 자유롭게 이용하는 장소인 듯했다.

안내해 준 마을 사람이 미소를 지으며 돌아간 후에 도무탄은 장원 안을 기웃거리다가 이윽고 안쪽으로 걸음을 옮겨 들어가 보았다.

아무도 제지하는 사람이 없어서 그는 점차 안쪽으로 깊숙이 들어갔다.

몇 채의 독특한 양식의 전각을 지나자 이윽고 사람들의 왕래가 뜸해졌다.

도무탄은 주위를 두리번거리다가 멀지 않은 곳에서 지나가는 여인네에게 다가갔다.

"고대부인(高大婦人)을 만나러 왔습니다."

그가 한 말은 고려의 말인데 그것 역시 사부 고연후가 가르쳐 주었다.

도무탄은 아까 거리에서 물어본 말과 지금 한 말, 그리고 이제 곧 하게 될 말 딱 세 개만 사부에게 배웠다.

삼십 대 중반의 여인은 고려 말로 뭐라고 물어봤으나 도무탄은 알아듣지 못하고 고연후가 가르쳐 준 또 다른 고려 말을 해보았다.

"나는 중원에서 왔습니다. 고대부인을 만나러 왔습니다."

중원이라는 말에 여인은 깜짝 놀라며 한 걸음 뒤로 물러나 도무탄을 살펴보았다.

하지만 두려워하거나 경계하는 표정은 아니다. 그녀는 곧 따라오라는 손짓을 해보이고는 태왕가 깊숙한 곳으로 총총히 걸음을 옮겼다.

도무탄이 안내된 곳은 태왕가 깊숙한 곳에 위치한 삼 층의 멋들어진 전각이었다.

그를 안내한 여인이 그곳의 어떤 여인에게 뭐라고 말하면서 도무탄을 인계했으며, 그 여인은 도무탄을 데리고 전각의 삼 층으로 올라갔다.

따라가면서 도무탄은 조심스럽게 주위를 살펴보았다. 계단이며 낭하, 복도, 천장, 창을 만든 기법 자체가 중원하고는 확연하게 달랐다.

어느 것 하나도 섬세하기 짝이 없으며 힘과 기상이 넘쳐흐르는 기법이 사용되었다.

특히 그 모든 곳에 청(靑), 홍(紅), 황(黃), 백(白), 흑(黑)의 오색을 사용하여 아름답고도 숭엄한 갖가지 그림이 그려져 있는데, 감탄을 금할 수 없을 정도의 정교하고도 훌륭한 솜씨였다.

그려져 있는 그림은 주로 봉황(鳳凰)과 주작(朱雀), 호랑이, 용 같은 것이며, 그중에서도 봉황과 용의 그림이 압도적으로 많았다.

이러한 그림은 고려에서 흔하게 사용하는 유명한 단청(丹靑)의 기법이지만 도무탄으로서는 알지 못했다.

그를 안내한 여인은 삼 층의 어느 방 앞에서 도무탄에게 기다리라는 손짓을 해보이고는 방 안으로 들어갔다가 잠시 후에 나와 그에게 들어가라는 시늉을 해 보이며 문을 활짝 열어주었다.

도무탄은 방 안에 고대부인이 있을 것이라고 짐작하여 옷매무새를 단정히 하고 경건한 마음으로 조심스럽게 방 안으로 걸음을 옮겼다.

탁⋯⋯.

문 닫는 소리에 돌아보니 여인이 밖에서 문을 닫았다.

그러나 실내에는 도무탄 혼자뿐이다. 기다리라는 뜻인 듯하여 그는 우두커니 서서 실내를 둘러보았다.

꽤 넓은 방인데 바깥의 화려하고 은은한 그림, 즉 단청은 그려져 있지 않았고 탁자와 의자, 서가 등 검소한 가구만 배치되어 있었다.

척…….

그때 옆문이 열리는 소리에 도무탄이 쳐다보자 한 명의 여인이 들어왔다.

그녀는 곰 가죽으로 만든 털모자를 쓰고 표범 가죽 목도리로 목을 둘둘 감았다.

또한 두껍고 털이 수북한 호피로 만든 무릎까지 내려오는 긴 외투를 입었다.

검은 가죽으로 만든 장갑을 낀 손에는 호미와 대나무로 만든 광주리를 안고 있는데, 광주리에는 나무껍질과 무슨 뿌리 같은 것들이 담겨 있었다. 아마 약재로 쓰려고 채집하던 도중에 온 모양이다.

그녀는 허리를 굽혀서 바닥에 호미와 광주리를 내려놓더니 도무탄에게 다가오며 온화한 얼굴에 유창한 한어로 입을 열었다.

"공자께서 저를 만나러 오셨나요?"

"아……."

도무탄은 깜짝 놀랐다. 그녀의 말에 의하면 그녀가 바로 고대부인이라는 뜻이기 때문이다.

고대부인이라면 연세가 지긋한 육십 세 이상의 노파일 것이라고 생각했었지 이처럼 젊은 여인일 줄은 전혀 예상하지 못했었다.

여인 고대부인은 탁자 쪽으로 사뿐사뿐 걸어가서 우아한 동작으로 의자를 가리켰다.

"앉으세요."

도무탄이 앉는 것을 보고서야 그녀는 입고 있던 묵직한 호피 옷을 벗어서 옆에 놔두고, 머리에 쓰고 있던 털모자와 목에 감고 있던 목도리를 벗어서 탁자에 내려놓았다. 그러고 나서 그의 맞은편에 단정한 자세로 앉아 그를 정면으로 바라보았다.

"공자께선 누구시며 무슨 일로 저를 찾으셨나요?"

도무탄은 고대부인을 똑바로 쳐다보았다. 그런데 가까이에서 제대로 자세히 본 그녀는 이제 갓 이십 대 초반의 앳된 나이였다.

머리에 털모자를 깊숙이 쓰고 목도리로 턱과 입을 가렸기 때문에 얼굴을 제대로 보지 못했었다.

또한 그녀의 용모가 매우 단아하고 고결해서 도무탄은 다시 한 번 놀랐다.

물론 지극히 아름다웠다. 중원의 한족 미인하고는 질적으로 다른 성스러운 미모라서 아름다움보다는 성결함이 먼저 보는 사람을 압도하여 저절로 옷깃을 여미고 자세를 바로잡게 만들었다.

군이 예를 들자면, 한족 미인이 지상의 미모라면 고대부인의 미모는 천상의 그것 같았다.

고대부인은 도무탄이 자신을 뚫어지게 주시하자 얼굴을 살며시 붉히면서 눈을 내리깔았다.

그녀의 긴 속눈썹이 너무도 우아해서 도무탄은 절로 가슴이 설레는 것을 느꼈다.

"공자."

"아… 실례했습니다."

그녀가 조용히 입을 열어서 일깨우지 않으면 도무탄은 더 오랫동안 실례를 범할 뻔했다.

"음. 그대가 고대부인입니까?"

그는 주먹을 입에 대고 어색한 얼굴로 물었다. 다시 한 번 확인하고 싶었다.

"그렇습니다."

고연후는 도무탄에게 자세한 내막은 말해주지 않았다. 그럴 만한 시간이 없었다.

다만 솔빈마을 태왕가로 찾아가서 고대부인을 만나 모든 것을 사실대로 설명을 해주고 나서 그녀가 하라는 대로 따르라고만 말했었다.

"실례지만… 고연후라는 분하고는 어떤 관계입니까?"

"……."

도무탄의 물음에 지금껏 단아함과 고결함을 잃지 않고 있던 고대부인의 얼굴에 극도의 놀라움이 떠오르고 두 손으로 탁자를 짚으면서 벌떡 일어섰다.

"혹시 공자께선 그분의 소식을 갖고 오셨나요?"

"그렇습니다. 그전에 그분과 고대부인의 관계에 대해서 알고 싶습니다."

"아아……."

고대부인의 만면에 기쁜 기색이 가득 떠올랐다. 그 모습을 보면서 도무탄은 마치 수천 송이 꽃이 한꺼번에 만개한 듯한 착각이 들었다.

고대부인은 차분하려고 애를 쓰며 단정한 자세를 유지하면서 조용한 목소리로 대답했다.

"저는 고연후 선조님의 구 대(九代) 직계 후손이에요. 제 이름은 고옥군(高玉君)이라고 해요"

무려 삼백여 년 만에 고연후의 소식을 갖고 온 중원 사람 앞에서 그녀 고옥군의 목소리가 가늘게 떨렸다.

도무탄은 고대부인 고옥군이 사부 고연후의 구 대 손녀라는 사실을 알고는 그녀가 갑자기 친밀하게 느껴져서 가족처럼 생각됐다.

이윽고 도무탄은 조심스럽게 품속에서 금색 비단 천에 싸인 물건을 꺼내서 탁자에 내려놓고는 고옥군에게 정중히 두 손으로 밀어주었다.

"풀어보십시오."

고옥군은 몹시 긴장한 듯 보였지만 타고난 고결한 품위는 잃지 않았다.

도무탄은 그 모습을 보면서 긴장과 품위를 동시에 지닐 수도 있는지 문득 궁금해졌다.

고옥군은 도무탄의 행동을 눈도 깜빡이지 않고 지켜보더니 가늘게 떨리는 손으로 비단 천을 풀었다.

그리고 그 안에서 나온 두 가지 물건 중에 녹색의 옥비녀를 발견하고는 나직한 비명을 터뜨렸다.

"앗!"

도무탄은 고연후가 상투한 머리에 꽂고 있었던 옥비녀가 무엇인지 모른다.

다만 거기에 용과 봉의 그림과 황(皇)이라는 한 글자가 정교하게 새겨져 있다는 사실만을 알고 있다.

그리고 그것이 사부 고연후를 상징하는 신물(信物)일 것이라고 짐작할 뿐이다.

그런데 고옥군의 반응은 도무탄이 예상했던 것보다 훨씬 더 심했다.

그녀는 바들바들 떨리는 두 손으로 감히 옥비녀를 만지지도 못하고 그것을 바라보며 폭풍처럼 눈물을 흘릴 뿐이다. 옥비녀를 한눈에 알아본 것이다.

그러면서도 그녀는 단정한 자세를 유지했으며 기품을 잃지 않았다.

억지로 그러는 것이 아니라 타고난 천품이다. 본디 참새의 알에서는 참새가 나오는 법이고, 봉황의 알에서는 봉황이 나오는 이치다.

그녀는 옥비녀를 뚫어지게 주시하면서 울음소리를 내지 않으려고 손으로 입을 꼭 막았으며 그저 구슬 같은 눈물만 뚝뚝 흘리고 있다.

도무탄은 아무 말도 하지 않고 묵묵히 그녀를 지켜보았다. 그녀가 우는 것을 보니까 그도 사부 고연후가 그립고 보고 싶어서 마음이 울적해졌다.

그가 사부와 함께 보낸 시각은 불과 반 시진 남짓이었다. 그러면서도 그 반 시진이 그의 인생에서 가장 소중한 시간이 되었다.

반각쯤 지나서야 고옥군은 겨우 진정했다. 그렇지만 여전히 눈물이 멈추지 않았으며 발그레 상기된 얼굴로 옥비녀에서 시선을 떼지 못했다.

"제가 추태를 보였군요."

그러고서도 잠시가 지나서야 그녀는 겨우 눈물을 멈추고

수줍은 듯 도무탄을 바라보았다.

"아닙니다."

"그런데 이것은 무엇인가요?"

고옥군은 옥비녀 옆에 놓인 인피 장갑을 가리키며 의아한 표정을 지었다.

얼핏 보기에 그것은 얇게 깎은 무 껍데기 같기도 하고 물고기를 말린 것 같아서 고옥군은 그것이 무엇인지 짐작조차 하지 못했다.

도무탄은 엄숙한 표정을 지었다.

"그것은 그분의 오른손 인피입니다."

"인피……."

고옥군은 순간적으로 '인피'가 무엇인지 몰라서 잠시 생각하는 것 같더니 갑자기 자지러지듯이 경악하고는 온몸을 떨면서 오열했다.

"우욱! 우우… 으흑흑흑!"

처음부터 그게 고연후의 오른손 인피라고 했으면 믿지 않았을 것이다.

그러나 고연후의 신물인 옥비녀를 확인했기에 그의 인피라고 했을 때 추호도 불신하지 않은 것이다.

그때 문 밖에서 어떤 남자의 다급하면서도 공손한 목소리가 들렸다.

고옥군의 울음소리에 놀라서 달려온 측근인 것 같았으나 고려 말이라서 도무탄은 알아듣지 못했다.

　고옥군이 울음을 삼키면서 고려 말로 뭐라 말하자 밖의 남자가 물러가는 기척이 났다.

　얼마나 울었는지 고옥군의 눈과 코가 붉어졌다. 활짝 핀 장미나 모란 잎에 이슬이 맺혀 있다가 굴러 떨어지면 이런 모습이 될 터이다.

　그녀는 비단 손수건으로 천천히 눈물을 닦고는 몸가짐을 단정히 하고 눈물이 고여 있는 촉촉한 눈망울로 도무탄을 바라보았다.

　"이제 공자가 누구신지 말씀해 주세요."

　도무탄은 작게 심호흡을 했다.

　"저는 고연후 사부님의 제자입니다."

　"아……."

　소옥군은 크게 놀라서 눈을 동그랗게 떴다. 얼마나 눈이 크고 맑은지 도무탄은 그녀의 까만 동공에 비친 자신의 모습을 똑똑히 볼 수 있었다.

　그녀가 자신을 똑바로 바라보자 도무탄은 마치 날카로운 창에 심장을 깊숙이 찔린 것처럼 몸이 뻣뻣하게 경직되고 숨을 쉴 수가 없었다.

그는 지금까지 독고가의 세 자매, 즉 독고지연과 은한, 예상이 천하에서 제일 아름답다고 생각했었으며, 실제로 중원에서 그녀를 능가하는 미인을 본 적이 없었다.

그렇지만 고옥군을 보자 하늘 위의 하늘, 세상 밖의 세상을 보는 듯한 기분이 들었다. 이런 깊디깊은 백두산 기슭에 천지간에서 가장 아름다운 피조물이 숨 쉬고 있을 줄 누가 알았겠는가.

여북하면 그녀가 뚫어지게 주시하고 있으니까 도무탄은 숨조차 쉴 수가 없을 정도이고, 그 사실조차도 깨닫지 못하고 있었다.

"외람되오나 공자께선 올해 춘추가 어떻게 되십니까?"

한참 만에 소옥군은 조심스럽게 물었다.

"스물둘입니다. 부인께선?"

자기 나이만 대답하려고 했는데 소옥군의 나이가 몇 살이냐고 저절로 튀어나왔다. 궁금하기 때문이다.

"열아홉이에요."

소옥군은 사르르 눈을 내리깔며 사근거리는 목소리로 수줍게 대답했다.

이십 대 초반인 줄 알았는데 이제 겨우 열아홉 살이라는 말을 듣고 도무탄은 적잖이 놀랐다.

그녀의 행동 하나하나가 기품이 있고 엄숙해서 그만큼 조숙하게 보였던 것이다.

그리고 고대부인이라는 호칭 때문에 나이가 많을 것이라는 선입견이 작용을 했다.

"구대조 할아버님에 대해서 말씀해 주시겠어요?"

고옥군은 이제 겨우 이십 대 초반으로 보이는 도무탄이 삼백여 년 전 인물인 고연후의 제자라고 하는데도 전혀 의심을 하지 않았고 꼬치꼬치 캐묻지도 않았다. 옥비녀를 봤기 때문일 것이다. 그만큼 옥비녀가 태왕가에 중요한 물건이라는 뜻이다.

"일 년쯤 전이었습니다."

도무탄은 자신이 고연후와 인연을 맺게 된 일을 하나도 빼놓지 않고 자세히 설명했다.

도무탄은 뒤쪽의 별채로 안내되어 혼자서 저녁 식사를 한 이후에 바람이나 쐴 겸 밖으로 나왔다.

한겨울에 눈이 수북하게 쌓인 정원, 그것도 지금 같은 한밤중에 볼만한 것이라곤 없었다.

아마 봄이 되거나 여름이나 가을이라면 볼 것이 많을 테지만, 지금은 모든 경물이 흰 눈에 덮여 있어서 오로지 눈만 보일 뿐이다.

태왕가는 이곳 솔빈마을에서 가장 큰 장원이며 이십여 채의 전각으로 이루어져 있다.

낮에는 마을 사람들이 태왕가를 자유롭게 드나들지만 밤
이 되면 전문이 굳게 닫힌다.

이리저리 걷던 도무탄의 귀에 여러 사람이 대화를 나누는
말소리가 들렸다.

태왕가 사람들이 도무탄이 갖고 온 소식, 즉 고연후에 대해
서 긴밀한 상의를 하는 것 같아서 그는 귀를 닫고 그들의 대
화를 차단했다.

사부 고연후 가문 사람들이 대화하는 것을 엿듣는 게 큰 실
례라는 생각이 들었다.

그리고 그들이 무슨 대화를 나누는지 그다지 궁금하지도
않았다. 그는 자신과 사부 고연후하고만 사제지간의 인연으
로 이어진 것이지, 태왕가 사람들하고는 별다른 관계가 아니
라고 생각했다.

도무탄은 그들의 대화가 들려오는 곳을 등지고 이번에는
태왕가의 뒤쪽으로 천천히 걸어갔다.

그런데 태왕가의 창고인 듯한 건물 앞에는 몇몇 사람이 모
여서 두런두런 얘기를 나누고 있었다.

도무탄은 딱히 그들의 대화를 들으려는 의도가 아니라 그
저 좀 앉아서 쉬려고 근처 숲 가장자리의 나무그루터기에 걸
터앉았다.

그는 멀리 밤하늘을 바라보면서 내일 날이 밝으면 그리고 태왕가에 별일이 없으면 떠나야겠다고 생각했다.

이제 중원으로 돌아가면 그가 처리해야 할 일이 한두 가지가 아니다. 오직 그만이 처리할 수 있는 일들이 그를 기다리고 있다.

그런데 창고 앞에 모여 있는 사람들의 대화가 자꾸 도무탄의 상념을 방해했다.

그들의 대화는 도무탄의 흥미를 끌 만한 게 아니었다. 창고 안에 있는 물건들이 얼마나 있는지 재고를 확인하고 있는 중이었다.

그들은 창고 문을 닫고 그 옆의 창고로 몰려가서 문을 열고는 안으로 우르르 몰려 들어갔다가 잠시 후에 나와서 다시 대화가 이어졌다.

"올 겨울은 허리띠를 잔뜩 졸라매야겠군요."

"어떻게 하든지 춘궁기(춘궁기:5~6월)는 넘겨야만 하네."

"지금 비축한 식량으로 초봄까지는 모르겠지만 춘궁기를 넘기는 것은 어려울 것 같습니다."

"그런가?"

"우리 태왕가의 식솔들만 먹는다면 충분하지만… 작년처럼 대부인께서 궁핍한 백성들에게 곡식을 나눠주신다면 춘궁기가 아니라 이번 겨울조차 버틸 수 없을 겁니다."

"음."

"선인(先人)께서 한 번 대부인께 잘 말씀드려 보십시오."

"그러겠네."

도무탄은 그들의 대화를 귓등으로 들으면서 낯선 타지에서의 한겨울 서늘한 밤하늘을 바라보았다.

도무탄은 잠자리에 들기 전에 탁자 앞 의자에 앉아서 단정한 자세로 지그시 눈을 감았다.

고연후는 도무탄에게 정말 큰 선물을 남겨주었다. 자신이 평생 이루었던 용권의 심득과 정화를 제자에게 아낌없이 다 물려주고 떠났다.

도무탄이 소구결이 포함된 권혼강공법을 운공하면 정신을 잃어버리는 이유가 있었다. 바로 그 소구결이 삼백십오 년 전에 불영선사가 고연후에게 걸어놓은 금제의 구결이었기 때문이다.

그랬기 때문에 소구결을 운공하면 어김없이 고연후의 영혼을 불러내는 결과를 초래했던 것이다. 그러나 보름달의 기운, 즉 월정을 받지 못했기 때문에 어설프게 영혼을 불러낸 초혼(招魂)이 된 것이다.

고연후의 말에 의하면 용권은 그 자체로서 하나의 크고 완벽한 초식이다.

도무탄이나 녹상이 권혼의 각 변화에 이름을 붙였던 천신권격이니 권신탄, 신절, 격광, 심지어 권혼신강까지 사실 다 무의미한 것들이었다.

　이름 붙이기 좋아하는 사람이 용권을 세세하게 쪼개서 이건 뭐고 저건 뭐라고 자질구레하게 이름을 붙였으나 용권은 그냥 용권일 뿐이었다.

　고연후는 용권을 펼치면서 구태여 이것저것 구분해서 따로 전개할 필요가 없다고 했다.

　용권을 펼치다 보면 그때그때 상황에 맞도록 가장 적절한 것들이 저절로 튀어나간다는 것이다.

　지금 도무탄이 하려는 것은 운공조식이 아니라 심신의 수양심을 기르려는 것이다.

　그의 용권은 이미 고연후가 완벽하게 완성시켜 주었다. 운공조식은 도무탄이 숨을 쉬고 살아 있는 한 상시 끊어지지 않고 계속될 것이기에 세월이 흐르면 공력도 자연히 증진될 터이다.

　"공자."

　반 시진쯤 지나 그가 심신수양을 끝내려고 할 때 문 밖에서 고옥군의 조용한 목소리가 들렸다.

　"들어오십시오."

그는 일어나서 고옥군을 맞이하러 문으로 걸어갔고, 문이 열리면서 고옥군이 예의 천상천의 미모를 나타내며 공손히 고개를 숙였다.

"드릴 말씀이 있습니다."

"앉으십시오."

그로서는 세 살이나 어린 소녀에게 이처럼 최상의 예의를 갖춘 적이 없었으나, 이러는 것은 사부의 가문에 대한 최소한의 배려라고 생각했다. 고연후를 생각하면 대저 못할 것이 무엇이겠는가.

그렇지만 꼭 고연후가 아니라고 해도 고옥군 앞에서는 이런 식으로 행동할 수밖에 없을 것이라는 생각을 그는 미처 하지 못했다.

잠시 후에 하녀가 들어와서 차를 따라주고는 물러갔고 도무탄과 고옥군은 조용히 차를 마셨다.

"구대조 할아버님께서 공자께 달리 뭐라고 이르신 말씀이 없으셨습니까?"

고옥군이 찻잔을 내려놓고 나서 조심스럽게 그를 바라보며 물었다.

"두 가지 물건을 고대부인에게 전해 드리고 또 그간에 있었던 모든 것을 다 설명하고 나서는 부인의 처분에 따르라고 하셨습니다."

고옥군은 애매한 미소를 지었다.

"처분이라는 말씀은……."

"부인의 명령에 따르라는 말씀이셨습니다."

"네. 그러셨군요."

도무탄은 성결하고 엄숙한 그녀의 표정만 봐서는 무슨 생각을 하는지 짐작을 하지 못했다.

고옥군은 잠시 찻잔을 만지작거리다가 고즈넉하게 말했다.

"구대조 할아버님의 장례식은……."

도무탄은 번쩍 정신이 들었다. 그렇다. 고연후의 장례식을 거행할 텐데 그는 내일 떠나겠다는 생각을 했었다. 장례식을 깜빡 잊고 있었다.

"장례식이 끝날 때까지 이곳에 머물겠습니다."

"네?"

고옥군은 놀란 듯 눈을 동그랗게 떴다.

도무탄은 필경 그녀가 감격한 것이라고 짐작했다. 볼일만 끝내고 곧 떠날 줄 알았던 사람이 장례식까지 참석하고 간다니까 왜 감격하지 않겠는가.

그런데 그때 고옥군이 섬섬옥수로 입을 가리면서 방긋 미소를 지었다.

"그러실 수 있어요?"

"사람을 어떻게 보고… 남아일언중천금입니다."

"그렇지만 구대조 할아버님의 장례식은 삼사 년 후에나 할 계획이에요."

"에?"

"저희는 가문의 어른이 돌아가시면 관을 집안에 모시고 있다가 최고로 좋은 길일을 택하여 삼사 년쯤 후에 장례식을 치르는 풍습이 있습니다."

"……."

"그리고 후장(厚葬)을 하는 풍습이지요."

도무탄은 기가 막혀서 아무 말도 하지 못했다.

내일이나 모레, 아무리 늦어도 삼일장(三日葬)쯤 하면 기다렸다가 장례까지 보고 가는 것이 도리라고 생각했는데, 삼사 년 후에 길일을 택한다니, 그렇게까지는 도저히 기다려 줄 자신이 없다.

고옥군은 도무탄이 어이없어 하는 얼굴을 보더니 배시시 미소를 지었다.

"남아일언중천금은 듣지 못한 것으로 하겠습니다."

그렇게 말하면서도 '남아일언중천금'이라는 말에 은근히 힘을 싣는 그녀다.

"끙……."

도무탄은 자신도 모르게 앓는 소리를 냈다. 방금 남아일언중천금이라고 한 말의 여운이 채 사라지기도 전에 번복을 하게 생겼다.

"내가 중원으로 돌아가더라도 기별을 하면 반드시 와서 장례에 참석하겠습니다."

고옥분은 거기에 대해서는 가타부타 말하지 않고 화제를 바꾸었다.

"내일 아침에 가문의 중대한 회의가 있는데 공자께서 참가해 주시겠습니까?"

그녀가 도무탄이 중원에 돌아갔다가 장례 때 돌아오겠다는 말을 믿지 않는 듯해서 그는 기분이 심란해졌다. 사나이가 한 번 내뱉은 약속을 스스로 못하겠다고 했으며, 곧 거기에 대한 차선책을 내놓았는데 그것마저 무시당하는 느낌을 받은 것이다.

"그럽시다."

쓸쓸한 얼굴의 도무탄은 아무렇게나 고개를 끄떡이고는 조금 복잡한 기분이 들었다.

어찌 된 일인지 자신보다 세 살이나 어린 고옥군 앞에서는 천하의 무진장 도무탄이 긴장을 하고 있다는 사실을 이해하기가 어려웠다.

고옥군은 탁자 앞에 앉아도 손을 탁자에 올리는 법이 없다. 차를 마실 때에는 찻잔만 만지고 그 외에는 두 손을 무릎에 가지런히 얹은 채 꼿꼿한 자세를 유지한다.

어디 한 군데 흠잡을 데 없이 한 치의 흔들림이 없는 품위 있는 자태다.

아까 그녀가 고연후의 유품과 인피 장갑을 대하고 격렬하게 흐느끼며 울음을 터뜨렸을 때에도 고결한 품위는 잃지 않았던 것 같았다.

"실례지만… 공자께선 혼인을 하셨습니까?"

더구나 어투는 그녀가 한어를 사용하고 있는데도 일반 백성이나 제법 품격 있다고 자부하는 인물들하고는 완전히 격이 다른 격조 높은 어법을 구사하고 있다.

"아직 혼인은 하지는 않았지만 혼인을 약속한 여자는 있습니다."

"알겠습니다."

고옥군은 살포시 고개를 숙였다.

第七十二章

씨내리

"공자, 기침(起寢)하셨습니까?"

도무탄이 이른 아침에 일어나서 아직 잠옷 차림으로 바닥에 앉아 심신수양을 마쳤을 때 문 밖에서 어떤 여자의 공손한 목소리가 들렸다.

그런데 차분한 목소리는 능숙한 한어 그것도 고옥군처럼 북경성 말씨다.

"일어났소."

도무탄은 나직이 대답하고 자리에서 일어나 걸어가서 문을 열어주었다.

그가 존중해야 할 사람은 고대부인 고옥군 한 사람이라서 다른 사람에게는 하오를 했다.

척!

활짝 열린 문 밖에는 단정한 차림의 이십 대 중반의 여인이 도무탄에게 공손히 허리를 굽혀 인사를 했다.

이어서 안으로 걸어 들어와서 두 손을 앞에 모으고 최대한 공손하게 말했다.

"오늘 회합이 있다는 것은 알고 계시지요?"

"알고 있소."

"공자를 모시러 왔습니다."

"잠시 세수를 하고 옷을 입은 후에 가겠소."

"목욕재계를 하실 것입니다. 소인이 공자의 수발을 들어드리겠습니다."

"목욕을… 말이오?"

아침부터 목욕을 하다니 도무탄은 조금 어이없는 표정을 지었다.

"그렇습니다."

여인은 도무탄이 무슨 말을 하기도 전에 밖으로 나가면서 돌아보았다.

"따라오십시오."

도무탄은 예전에는 저녁에 일을 마치고 나서 뜨끈한 물에 몸을 담그고 자주 목욕을 즐겼었다.

"아아… 좋다……."

적당한 온도의 물이 절반 이상 담긴 목욕통에 들어가서 목까지 물에 담그자 온몸의 피로가 풀리는 것 같고 기분이 매우 좋았다.

이런 것을 보면 아침 목욕도 나쁘지 않다. 목욕을 하는 자체가 기분을 좋게 만드는 모양이다.

척!

서두르지 않고 안온함을 만끽하면서 느긋하게 목욕을 마친 그는 이윽고 목욕실을 나섰다.

목욕실 밖은 거실인데 목욕실 문 밖에 그를 이곳까지 안내한 여인이 무릎을 꿇고 있으며 그녀 앞에는 화려한 색의 옷이 수북하게 놓여 있었다. 그 옷을 입으라는 모양인데 고구려 복장이다.

여인이 밖에 있을 것이라고는 생각하지 않았던 도무탄은 물이 뚝뚝 떨어지는 알몸으로 나왔다가 그녀를 발견하고 적이 당황했다.

하지만 지금 상황에서 다시 목욕실로 들어가는 것은 더 이상할 것 같아서 몸을 옆으로 돌리고는 그녀에게 손을 내밀고 약간 꾸짖듯이 말했다.

"수건을 주고 물러가시오."

"제가 닦아드리겠습니다."

슥—

"어엇……."

쿵!

여인이 수건을 들고 일어나서 곧장 다가오자 움찔 놀란 도무탄은 급히 뒤로 물러나다가 등이 목욕실의 닫힌 문에 부딪쳤다.

그가 아무리 거부한다고 해도 여인이 순순히 물러날 것 같지 않았다.

더구나 사내대장부가 이런 상황에 호들갑을 떠는 것은 체통만 떨어질 뿐이다.

어차피 겪어야 할 일이라면 그냥 대범하게 가만히 있는 것도 방법의 하나다.

목욕을 하고 나서 여자들이 몸을 닦아주는 것은 과거 도무탄에게는 다반사였으며 평범한 일상이었고 손 하나 까딱하지 않았었다.

뿐만 아니라 그의 몸을 닦아주기 위해서 혹은 유희를 즐기려고 여자들이 목욕통에 함께 들어가기도 하고, 심지어 정사까지도 했었다.

그러니까 마음을 조금 편하게 먹으면 이런 일은 별것 아닌 것으로 치부할 수도 있다.

그가 갑자기 앞으로 한 걸음 나와서 우뚝 서자 여인은 그의
얼굴을 한 번 조심스럽게 쳐다보더니 몸의 물기를 닦기 시작
했다.

그가 당당하게 나오니까 이번에는 여인이 조금 긴장하는
것 같았다.

더구나 도무탄의 큰 키와 당당하고 미끈한 체구는 여간해
서는 보기 드문 멋진 몸이다.

그냥 편하게 있자고 마음을 먹으니까 여인이 몸을 닦는데
도 금세 아무렇지도 않아졌다.

과연 사람은 마음먹기에 따라서 똑같은 상황이 당황스럽
기도 하고 느긋하기도 하다.

이윽고 여인의 손이 그의 음경을 잡더니 수건으로 섬세하
게 물기를 닦아주었다. 발기하지 않았을 때의 음경이란 참 볼
품이 없는 모습이다.

그러나 여자의 손만 닿으면 반응을 보이는 음경이 지금이
라고 가만히 있을 리가 없다.

더구나 소오대산에 들어가 있었던 석 달과 중원을 떠나서
여기까지 오는 동안 거의 넉 달 동안 여자를 품지 않았으니
그놈이 더 성이 나는 것은 당연하다.

"아……."

여인은 작은 탄성을 터뜨리며 움직임이 멈추었다. 그녀는 무릎을 꿇고 허리를 곧추세운 자세에서 흔들리는 눈빛으로 음경을 빤히 주시했다.

도무탄은 민망함을 반대로 표출했다. 네가 닦아주겠다고 했으니까 한 번 당해봐라, 는 심정으로 다리를 벌리고 서서 하체를 내밀며 모른 체했다.

여인의 손이 잠시 멈추는가 싶더니 이윽고 다시 물기를 닦기 시작했다.

"그대는 누구요?"

그는 서로 민망할 것 같아서 대화를 시작했다.

"고대부인의 몸종입니다."

"한어는 어디에서 배웠소?"

"고대부인께서 배우실 때 어깨너머로 배웠습니다."

"고대부인은 어떤 분이시오?"

도무탄의 물음에 여인은 동작을 잠시 멈추었다가 두 손을 앞에 모으고 경건한 자세로 대답했다.

"태왕가의 적통 후손이십니다."

도무탄은 궁금했던 것이 생각났다.

"어째서 이곳을 태왕가라고 하는 것이오?"

'고가' 라든지 '동고신가' 라는 명칭이 있는데 어째서 '태왕' 이라는 명칭을 쓰는 것인지 궁금했었다. '태왕' 이라는 것은 한 국가의 왕을 뜻하기 때문이다.

여인의 표정과 자세가 더욱 경건해졌다.

"이곳 태왕가가 태왕족(太王族)들께서 거주하는 곳이기 때문입니다."

"태왕족? 그게 무엇이오?"

"고구려 마지막 태왕(太王)의 후손을 태왕족이라고 하고 이곳에 거주하고 계십니다."

도무탄은 적잖이 놀랐다.

"고구려……."

도무탄은 어렸을 적에는 배운 것이 하나도 없어서 무식했으나 본격적으로 장사의 길로 들어선 후에는 배워야 한다는 사실을 깨닫고 여러 스승을 모셔놓고 수년에 걸쳐서 닥치는 대로 공부를 한 적이 있었다. 그의 지식은 그 당시에 쌓은 것들이다.

그때 중원의 동쪽 예맥(濊貊) 동이족의 땅에 있는 나라 고구려의 멸망에 대해서 배운 기억이 났다.

당(唐)나라로서는 걸핏하면 북경성까지 넘보는데다 북경성에서 멀지 않은 요하(遼河) 양안의 동서남북 수천 리에 달하는 드넓고 비옥한 땅 요서(遼西)와 요동(遼東)을 차지하고 있는 고구려를 눈엣가시처럼 여겼었다.

당나라 이전의 수(隋)나라는 거대한 영토와 최강의 군대를 보유하고 있는 고구려를 정벌하기 위해서 수차례에 걸쳐서 매번 백수십만에 달하는 엄청난 대군과 물자를 동원하여 출병하였었다.

그러나 출병할 때마다 번번이 패하고 결국 수양제(隋煬帝) 때에 이르러서는 세 차례의 고구려 출병과 패배의 여파로 국력이 피폐해질 대로 피폐해졌으며, 중원 전역에는 물난리가 나서 백성들은 도탄에 빠져 허덕이며 황제에 대한 원성이 자자했었다.

더구나 천하 곳곳에서 반란이 일어나 결국 수나라는 고구려와의 세 차례에 걸친 전쟁에서 패한 것이 원인이 되어 멸망하고 뒤를 이어 당나라가 들어섰다.

당나라는 두 차례에 걸쳐서 당태종(唐太宗) 이세민이 직접 대군을 이끌고 고구려와 전쟁을 벌였으나 두 번 다 대패하고서 언젠가는 고구려를 짓밟고 말겠다고 절치부심 이를 갈았다.

이후 당나라는 함께 연합하여 고구려와 백제를 치자는 신라의 읍소(泣訴)를 받아들여 세 번째 전쟁을 일으켜 끝내 고구려를 멸망시키고야 말았다.

그것이 도무탄이 배웠던 고구려 멸망에 대한 역사의 한 부분이었다.

그런데 이곳에서 고구려의 마지막 왕의 직계 후손인 태왕족을 만나게 된 것이다.

"그렇다면 고연후 사부님께서는……."

"고구려가 멸망하지 않았다면 그분께서 태왕이 되셨겠지요."

여인은 도무탄의 넓고 탄탄한 등을 닦아주며 말하는데 왠지 목소리가 쓸쓸했다.

"음……."

도무탄이 놀라고 있는 사이에 여인은 그에게 한 벌의 화려하고도 빛나는 훌륭한 옷을 입히기 시작하더니 마지막으로 모자를 씌웠다.

그는 몰랐으나 그 복장은 고구려 태왕의 직계 후손이며 태왕가의 적통을 잇는 사람만이 입을 자격이 있다. 즉, 태왕의 복장이다.

실내에 들어선 도무탄은 적잖이 놀랐다. 실내에 예상외로 많은 사람이 운집해 있으며 또한 매우 엄숙한 분위기였기 때문이다.

도무탄은 그저 고옥군을 비롯한 몇 명의 집안사람끼리 모여서 아침 식사를 하며 가벼운 대화를 나누는 것으로 짐작했었다.

그런데 넓은 실내를 꽉 채우고 모여 있는 사람은 근 백여 명에 달했다.

도무탄이 본 태왕가는 절간처럼 조용했었고 사람을 거의 보지 못했었는데 이렇게 많은 사람이 도대체 어디에 있다가 쏟아져 나왔는지 모를 일이다.

　대전의 가운데는 넓게 비어 있으며 양쪽에는 벽을 등지고 백여 명의 사람이 서로 마주 보고 앉아 있는데 각기 다섯 줄을 이루었다.

　그들은 모두 화려하고 멋진 복장을 했으며 일견하기에도 황족이나 귀족들의 옷차림이었다.

　그리고 대전입구 전면에 마주 보이는 세 개의 계단 위에는 두 개의 커다란 의자가 나란히 놓여 있으며, 그중 왼쪽의 의자에는 고옥군이 단아한 자세로 앉아 있고 오른쪽 의자는 비어 있었다.

　고옥군의 복장이야말로 대전에 있는 사람 중에서 단연 눈에 띌 만큼 화려하고 고풍스러웠다.

　금색과 홍색, 흑색, 자색이 고루 섞인 무릎까지 내려오는 저고리와 눈처럼 흰 백색의 양쪽에 깃털이 달린 모자를 쓰고 있었다.

　또한 목걸이와 귀걸이, 팔찌와 발찌까지 금붙이와 보석으로 온몸을 치장하여 그렇지 않아도 그녀 자체에서 발하는 빛에 더하여 보석들의 빛이 찬란했다.

　도무탄이 대전 입구에 들어서다가 그런 광경을 발견하고 놀라서 걸음을 멈추는 순간, 고옥군이 제일 먼저 자리에서 일어났고 곧 실내의 모든 사람이 일사불란한 동작으로 자리에서 일어났다.

덜그럭거리는 소리는 물론이고 기침 소리, 심지어 숨 쉬는 소리까지 들리지 않을 정도로 조용했다. 그들에게는 이런 상황이 매우 익숙한 것 같았다.

그리고 한 가지 놀라운 사실은, 도무탄은 모두들 자신을 주시할 것이라고 생각했는데 실내의 사람들은 일어나서 정면만 주시할 뿐이다.

"인사를 올리시오!"

도무탄쪽에게 보면 고옥군과 가깝게 있는 왼쪽 맨 앞줄에 있는 인물이 카랑카랑한 목소리로 대전이 울리도록 낮게 외쳤다.

그러자 고옥군을 제외한 모든 사람이 두 손을 맞잡고 앞으로 길게 뻗어 가슴 위로 높이로 올렸다가 내리면서 공손히 허리를 굽혔다.

모두들 그 자세로 굳은 듯 가만히 있고, 단상에 서 있는 고옥군이 도무탄에게 우아한 표정을 지으며 감미로운 목소리로 말했다.

"오르세요."

도무탄은 자신을 여기까지 안내한 여인, 즉 고옥군의 몸종을 돌아보았다.

그녀는 대전 입구 바깥쪽에서 다른 사람들처럼 허리를 깊숙이 숙이고 있었다.

저벅저벅…….

이윽고 그는 단상을 향해 힘차게 똑바로 걸어갔다. 머릿속은 비록 복잡하더라도 일단 행동을 시작하면 처음부터 끝까지 당당하기 짝이 없는 그다. 그의 발걸음 소리가 간단없이 실내를 자늑자늑 울렸다.

이윽고 그가 세 개의 계단을 밟고 단상에 오를 때까지 아무도 움직이지 않고 허리를 굽힌 상태로 시선을 바닥을 향하고 있었다.

도무탄은 고옥군의 공손한 손짓에 따라서 그녀의 오른편에 섰다.

"모두 허리를 펴고 앉으세요."

고옥군이 조용하지만 위엄 있는 목소리로 말하자 옷깃 스치는 소리가 나면서 모두들 자리에 앉았다.

그녀는 두 손으로 도무탄을 가리키면서 자못 경건한 표정으로 말했다.

"이분은 삼십육 대 태왕이신 고연후 선조의 제자 도무탄이십니다."

그녀의 말이 떨어지자 비로소 모두들 기다렸다는 듯이 고개를 돌려 도무탄을 주시했다.

그를 처음 보는 것이므로 하나도 놓치지 않으려는 듯 눈이 날카롭게 반짝였다.

도무탄의 후리후리하게 큰 키와 당당한 체구, 그리고 가슴을 활짝 편 의젓하면서 정기 어린 풍모와 준수하기 짝이 없는 용모를 보게 된 중인의 얼굴에 감탄의 기색이 물결처럼 일렁였다.

모두들 도무탄의 외모에 대해서는 한 줌의 흠도 잡아내지 못한 듯한 표정이다.

"나는 태왕가의 고대부인으로서 지금 이 자리에서 선대의 유업(遺業)을 이행하려고 합니다."

고옥군은 조용하지만 엄숙하게 말하고 나서 도무탄을 향해 돌아섰다.

도무탄은 그녀의 고결하고 엄숙한 모습이 지금 이 순간에는 더욱 빛나 보인다고 느꼈다. 그녀는 천성적으로 타고난 천품을 지니고 있었다. 그녀는 도무탄을 향해 돌아서서 준엄하게 물었다.

"공자께서 삼십육 대 태왕의 유언을 지키겠다고 하신 말씀은 지금도 유효합니까?"

도무탄은 분위기에 어느 정도 압도되어 진중하게 고개를 끄떡였다.

"그렇습니다."

도무탄은 삼십육 대 태왕이 고연후를 가리키는 것이라고 짐작했다.

그리고 그의 마지막 유언은 고대부인의 말에 따르라는 것이었다. 도무탄은 이미 어제 그녀에게 명령에 따르겠다고 약속을 했었다.

"그렇다면 나는 고대부인에게 주어진 권한으로써 공자를 제 삼십칠 대 태왕에 임명하겠습니다."

"……."

도무탄은 흠칫 놀랐다. 그는 사태가 지나치게 빠르게 돌아가고 있음을 깨달았다.

그가 어떻게 반론을 제기하고 손을 쓸 사이도 없이 어떤 의식이 진행되고 있었다.

그러나 그는 자신이 나서야 할 때가 아니라고 생각했다. 지금은 사부와의 약속을 지켜야 할 때다.

그렇지만 그녀의 명령에 따른다는 것이 설마 고구려의 왕통을 이어서 태왕이 되는 것인 줄은 꿈에서조차 예상하지 못했었다.

고씨가문으로 이어지는 왕통을 어떻게 도씨인 그가 이을 수 있는지 의문이 들었으나 잠자코 있었다.

그러나 그는 어제 처음 만난 자리에서 그녀에게 약속을 했었으며 방금도 고연후의 유언, 즉 고대부인의 명령에 따르겠다고 재차 약속을 했으니 유구무언 입이 있어도 반박할 수가 없는 상황이다.

"따르시겠습니까?"

고옥군이 목소리의 고저(高低) 없이 그리고 강요하는 기색 없이 다시 한 번 물었다. 그것이 도무탄을 어느 정도 편한 마음으로 만들었다.

　"태왕이 된다는 것은 무슨 의미입니까?"

　그렇지만 그렇게 묻지 않을 수 없다.

　"본가의 가주가 되시는 것입니다. 공자께서는 구대조 할아버님의 한 분뿐인 제자이시니까 당연한 일입니다. 혈통에 대해서는 신경을 쓰지 마십시오."

　도무탄은 수십만 명을 아우르는 거대한 세력인 해룡방을 이끄는 수장의 신분이다.

　그런 그가 태왕가 하나를 더 거느린다고 해서 나쁜 일은 아닐 터이다.

　그는 태왕가를 거느리게 되어서 금전적인 손해를 본다거나 돈이 들게 되는 것에 대해서는 신경을 쓰지 않았다. 그런 것은 얼마든지 감수할 수 있다.

　그는 자신이 고연후의 하나뿐인 제자라는 사실을 너무도 똑똑하게 인정하고 있다.

　그가 태왕가의 가주가 된다는 사실은 예상하지 못했던 다소 뜻밖의 일이기는 하지만 이치상으로 봤을 때 전혀 틀린 일은 아니다.

　물이 위에서 아래로 흐르는 것이 세상의 순리이고 이치이

듯, 이 일을 따르는 것이 이치라고 여겼다. 제자가 사부의 뒤를 잇는 것은 당연하다.

고옥군을 비롯한 중인 모두 숨을 죽이고 도무탄을 주시했다. 아니, 그의 대답을 기다렸다.

모두에게 이 일은 매우 중요했다. 장장 삼백이십여 년을 기다려온 일이 아닌가.

이윽고 도무탄은 묵직하게 고개를 끄떡였다.

"따르겠습니다."

그때 그는 고옥군의 얼굴에 안도하는 기색이 스치는 것과 실내 여기저기에서 가벼운 한숨소리가 터져 나오는 것을 들었다.

고옥군이나 이들로서는 삼백이십이 년 동안 절전(切傳)되어 있던 태왕가의 가통(家統)을 이을 수 있게 되었으니 안도하는 것이 당연하다고 도무탄은 생각했다.

그는 자신이 사부의 가문에 뭔가 도움이 된 것 같은 기분이어서 내심 흡족했다.

사부에게 너무도 큰 것을 받기만 했을 뿐 보답을 하지 못해서 죄를 짓는 것 같았는데 이제 백분지 일쯤 갚은 것 같아서 마음이 놓였다.

"앉으세요."

원래 기품 있는 고옥군이 더욱 우아한 동작으로 뒤쪽 두 개의 의자 중에 오른쪽의 것을 가리켰다.

도무탄이 의자에 앉자 그녀가 앞으로 가까이 다가섰으며, 그와 때를 같이하여 한 번도 본 적이 없는 두 명의 훤칠한 청년이 나타나더니 단상 양쪽의 계단을 올라와서 그녀에게 다가왔다.

그들 두 청년은 매우 소중한 물건인 듯 각각 두 손으로 금빛의 상자를 떠받치고 있었다.

그들은 도무탄을 마주 보고 서 있는 고옥군의 양쪽 두 걸음 떨어진 곳에 정중하게 시립했다.

스슥……

고옥군은 앉아 있는 도무탄의 머리를 두 손으로 쓸어 올려 정성껏 정수리 부위에 모았다.

서너 번만 해도 될 것을 열 번 넘게 머리카락을 쓸어 올려서 한 올도 남기지 않았다.

도무탄은 묘하고 야릇한 기분에 사로잡혀서 그녀가 하는 대로 가만히 있었다.

고옥군처럼 고결한 여인, 아니, 소녀가 손수 머리를 틀어 올려주니까 자신이 마치 그녀의 남편이라도 된 듯한 착각이 들었다.

그녀는 정성을 다해서 바짝 올린 그의 머리카락을 왼손으로 모아서 틀어쥐고는 오른손으로 품속에서 금색 비단 띠를 꺼내서 묶었다.

이어서 다시 품속에 손을 넣어 옥비녀를 꺼내 입에 물고는 다시 두 손으로 머리를 마지막으로 점검을 한 후에 상투에 조심스럽게 옥비녀를 꽂았다.

그녀는 한 걸음 뒤로 물러나서 상투가 잘 됐는지 자세히 살펴보았다.

이어서 시선을 도무탄에게 고정시킨 상태에서 양쪽 청년에게 양손을 내밀었다.

"주세요."

두 명의 청년은 자신들이 들고 있는 금함(金函)을 열고는 각각 하나씩의 물건을 공손히 고옥군에게 바쳤다.

물건을 받은 고옥군이 도무탄 앞에 무릎을 꿇자 양쪽의 청년들도 무릎을 꿇었다.

뿐만 아니라 대전 안에 있던 백여 명이 모두 일어나서 한가운데로 나와 단상을 향해 열을 지어 서더니 일제히 무릎을 꿇고 절을 올렸다.

대전 안에서 앉아 있는 사람은 도무탄 혼자뿐이고 모두 그를 향해 부복하고 있는 상황이다.

도무탄은 적잖이 당황했다. 이곳 대전에 들어온 이후에 벌어지는 일들이 모두 당황스러움의 연속이지만 지금은 특히 더 그랬다.

그는 자신의 머리에 상투를 튼 고옥군이 거기에 옥비녀를 꽂은 이유라든지 그녀의 양손에 쥐어져 있는 두 개의 물건, 그리고 왜 모두들 절을 하고 있는 것인지 이유를 전혀 짐작도 하지 못했다.

고옥군은 낭랑한 옥음으로 입을 열었다.

"환인(桓因)께서 아들이신 환웅(桓雄)께 하사하신 이후 대대로 예맥의 고조선(古朝鮮)과 고구려 태왕가의 신물이 되어온 천부삼인(天符三印)을 가주께 바치옵니다."

'천부삼인⋯⋯.'

도무탄은 자신이 배운 지식 속에서 '천부삼인'에 대하여 알아내려고 시도했으나 소득이 없었다. '천부삼인'이란 처음 듣는 말이다.

단지 그 말을 액면 그대로 해석하여 하늘이 내린 세 개의 '인(印)', 즉 도장이려니 추측했다.

"받으소서."

고옥군은 이마를 바닥에 댄 상태에서 두 팔만을 뻗어 양손의 물건을 도무탄에게 바쳤다.

도무탄은 두 손을 내밀어 고옥군의 양손에서 두 개의 물건을 받은 후 자세히 살펴보았다.

하나는 손바닥 크기의 둥근 청동으로 만든 패처럼 생긴 물건이며 새 같은 것이 양각(陽角)되었다.

그리고 다른 하나는 역시 청동으로 만든 어린아이 주먹 크기의 방울이었다.

도무탄은 자신의 상투에 꽂은 옥비녀와 청동의 패, 그리고 청동 방울이 천부삼인일 것이라고 짐작했다.

"제사장은 나오세요."

고옥군이 일어나서 뒤돌아보고 말하자 아까 인사를 올리라고 외친 인물이 조심스럽게 일어나서 계단 아래로 다가와 다시 무릎을 꿇었다.

그는 태왕가의 모든 제사와 의식을 주관하고 있는 제사장의 신분이었다.

고보림(高保臨)이라는 사람이며 사십오 세이고 마른 체구에 강직하고 강단이 있어보였다.

이곳에 있는 사람은 모두 고씨 단일성을 지녔으며 태왕의 후손이지만 직계이면서도 적통은 고옥군과 그의 모친 단 두 사람뿐이다. 다른 사람들은 그녀의 방계(傍系)이며 혈족이다.

그때부터 제사장은 수천 년 전부터 이어져 내려온 전통 방식에 의하여 도무탄이 태왕가의 가주, 즉 태왕이 되었음을 선조와 하늘에 고하는 의식을 집도했다.

도무탄은 제사장이 시키는 대로 한 치도 틀리지 않고 움직였으며, 실내의 백여 명은 제사장의 지시에 따라서 이리저리 움직이면서 절을 하거나 그가 읊는 구절을 따라 외우기도 했다.

태왕의 즉위를 하늘에 고하는 의식은 반 시진에 걸쳐서 진행되었다.

의식이 끝나고 도무탄은 정식으로 태왕가의 가주이며 태왕이 되었다.

도무탄은 단상의 의자에 단정하게 앉아 있고, 고옥군은 계단 아래로 내려가서 무릎을 꿇고 있으며, 그녀 뒤에 제사상이, 그리고 그 뒤에 백여 명의 혈족이 대열을 맞춰서 부복해 있다.

도무탄은 조금 전까지 단상에 같이 있던 고옥군이 계단 아래로 내려갔으며, 심지어 그를 향해 무릎을 꿇는 모습을 보고 적잖이 당황했다.

"부인, 왜 거기에 계십니까? 어서 올라오십시오."

다른 사람들은 부복하여 이마를 바닥에 대고 있지만, 고옥군은 단지 무릎만 꿇은 자세에서 허리를 꼿꼿하게 세우고 도무탄을 바라보았다.

"태왕께선 하늘과 같으신 분이십니다. 소녀가 어찌 가주와 같은 곳에 앉을 수 있겠습니까?"

도무탄은 고옥군의 돌변한 행동에 적잖이 당황했고 또 이해할 수가 없었다.

조금 전까지만 해도 태왕가에서 최고 신분이었던 그녀가

도무탄이 태왕이 되었다고 해서 하늘이라 칭하고 자신을 낮추고 있는 것이다.

도무탄이 가주이자 태왕으로 등극하였으므로 이제부터는 그가 태왕가의 지존(至尊)의 신분이 되었다는 것은 짐작할 수가 있다.

그렇다고 조금 전까지 태왕가의 최고 신분인 고대부인이었던 고옥군이 바닥에 내려가서 무릎을 꿇는다는 것은 납득이 가지 않았다.

그때 고옥군 뒤에 부복하고 있는 제사장이 이마를 바닥에 붙인 자세에서 아뢰었다.

"고대부인께선 혼례식을 올린 후에야 태왕과 같은 반열에 오를 수 있으십니다."

"혼례식?"

도무탄은 의아한 표정을 지었다. 고옥군은 이미 혼인을 했기에 고대부인, 즉 '부인' 이라 불리고 있을 텐데 무슨 혼례식을 또 올린다는 말인가.

"부인께선 혼인을 하신 몸이 아니십니까?"

"고대부인께선 아무하고도 혼인을 하지 않으셨습니다."

고옥군은 눈을 내리깐 채 가만히 있고 제사장이 도무탄과 대화를 나누고 있다.

도무탄은 이 일에는 필경 뭔가 내막이 있을 것이라 여기고 의자에서 일어났다.

이 일만큼은 반드시 짚고 넘어가야지 그러지 않았다가는 코가 꿰일 것 같은 불길한 예감이 들었다.

"부인, 그리고 제사장은 날 따라오십시오."

그는 그 말을 남기고 휙 대전을 나가 버렸다. 그리고 대전의 백여 명은 부복한 자세에서 움직이지 않았다.

다른 전각의 어느 실내에 도무탄과 고옥군, 제사장이 있는데, 도무탄은 서 있고 고옥군과 제사장은 바닥에 무릎을 꿇고 있다.

"일어나십시오."

"태왕께서 자리에 좌정하시면 일어나겠습니다."

제사장의 말을 듣고 도무탄은 이들 두 사람이 결코 태왕하고 같은 위치에 서지 않으려 한다는 사실을 깨달았다. 그게 태왕가의 법도라면 어쩔 수 없는 일이다.

그래서 대화를 하기 위해서 어쩔 수 없이 그가 의자에 앉자 비로소 두 사람이 일어섰다.

도무탄은 굳은 표정으로 단호하게 말했다.

"두 분은 아까의 행동에 대해서 지금부터 나를 이해시켜야 할 것입니다."

고옥군은 물끄러미 도무탄을 바라보다가 허리를 굽혀 인

사를 하더니 몸을 돌려 방을 나가 버렸다.

도무탄은 그녀의 뒷모습을 물끄러미 바라보았으나 구태여 붙잡지는 않았다.

아마도 그녀는 제사장이 기탄없이 마음대로 말하라고 자리를 피해준 것 같았다.

고옥군이 나가고 나서 제사장은 잠시 묵묵히 서 있다가 이윽고 말문을 열었다.

"대대로 태왕께서는 다른 가문의 여식을 취하여 왕비로 삼으셨습니다."

도무탄은 이들의 희한한 방식을 이해하려고 애쓰면서 묵묵히 들었다.

"그런데 삼백이십이 년 전에 태왕가의 마지막 태왕께서 중원으로 떠나신 후 돌아오지 않으셨습니다. 그 이후 태왕가에는 오늘날까지 태왕의 대가 끊어졌습니다."

도무탄은 가장 궁금하게 여기던 것 중에 하나를 물었다.

"그 당시 사부님 슬하에는 자식들이 없었소?"

"외동따님 한 분이 계셨습니다. 만약 태왕께서 돌아오셨다면 아드님을 낳으실 수도 있었을 것입니다."

고보림은 도무탄이 고개를 끄떡이는 것을 보면서 설명을 이었다.

"이후 그 외동따님이 이십 세가 되도록 태왕께서 돌아오시지 않기에 본가의 장로회의를 거쳐서 따님을 고대부인에 오르도록 했습니다."

"고대부인이 무엇이오?"

"두 가지 의미가 있습니다."

그때 문이 열리고 아까 도무탄의 목욕 시중을 들었던 고옥군의 몸종이 들어와서 도무탄이 앉아 있는 탁자에 공손히 차를 따르고 나갔다.

"태왕의 정실부인을 고대부인이라고 합니다."

도무탄은 그럴 것이라고 짐작을 했었다. 그런데 지금 태왕가에는 태왕이 없는데도 고대부인이 있다. 더구나 혼인을 하지도 않았다.

"당시 고대부인께서는 중원으로 떠나신 고연후 태왕을 기다리다가 중병에 걸리시어 운명을 달리하셨습니다. 그래서 유일한 혈육이신 따님께서 혼인을 하지 않으신 몸으로 고대부인의 위를 이어받으셨던 것입니다."

도무탄은 조금씩 이해가 되는 것 같았다.

"고대부인의 첫 번째 임무는 공석인 태왕의 대리인입니다. 그리고 두 번째는 언젠가는 오실 태왕의 후계자를 기다리는 것입니다."

"태왕의 후계자를 기다린다는 것은……."

"후계자와 혼인을 하시기 위함입니다."

"아······."

세월이 흐름에 따라서 중원으로 떠난 고연후가 돌아올 가능성이 점점 희박해졌고, 그래서 태왕가의 대를 이을 후계자를 태왕이 점지하여 보냈을 것이라 믿으면서 하염없이 기다렸던 것이다.

고보림의 안색이 어두워졌다.

"태왕께선 끝내 돌아오시지 않았으며 후계자도 오지 않았습니다."

고연후의 외동딸은 더 이상 기다릴 수가 없었다. 태왕가의 유일한 적통인 그녀는 혼인을 해서 대를 이을 후계자를 생산해야만 한다.

적통이 아들일 경우에는 외부에서 왕비감을 간택할 수 있으나, 딸일 경우에는 고씨 혈족 중에서만 남편을 맞이해야만 한다.

딸이 외부의 남자와 혼인을 하면 태왕가의 피가 흐려진다고 믿었기 때문이다.

부모를 졸지에 모두 잃은 고연후의 외동딸은 이십오 세가 되어서야 장로들이 선택한 고씨 청년과 혼인을 할 수 있었다. 남편감은 그녀와 사촌 간이었다.

이후 고연후의 딸은 외동딸을 낳았다. 그것을 끝으로 더 이상 임신을 하지 못했었다.

세월이 흘러서 그 딸이 성장하여 고대부인이 되었으며, 또 다시 장로들이 고씨 혈족 중에서 골라준 남편을 얻어 혼인하는 일이 대물림되었다.

이후 실로 불가사의한 일이 벌어졌다. 고연후가 중원으로 떠난 이후 그의 딸은 여자아이를 낳았으며, 그 여자아이는 또 다시 딸을 낳았다.

두 명도 아닌 꼭 외동딸만 낳았는데 그것이 장장 삼백여 년 넘게 이어진 것이다.

"그런 일이 있을 수 있는 것이오?"

도무탄은 어이없는 표정을 지었다. 삼백여 년 동안 내리 딸만 낳다니 말도 안 되는 일이다.

"저희도 믿을 수 없었지만 결국 한 가지 원인 때문일 것이라고 의견을 모았습니다."

"원인이 무엇이오?"

"근친혼(近親婚) 때문인 것 같습니다."

"아······."

도무탄의 입에서 저절로 탄성이 흘러나왔다. 그는 한창 공부를 하던 시기에 중원의 황실에서 근친혼이 성행했다는 내용을 배운 적이 있었다.

사촌이나 팔촌끼리 혼인을 하면 기형아를 낳거나 아이가 중병에 걸려서 요절을 한다는 내용이었다.

"고씨끼리의 혼인에서는 기형아를 낳은 예는 없지만 단 한 번도 아들을 낳은 적이 없었습니다. 그래서 삼백여 년 동안 외동딸로 이어져 왔었습니다."

"허어……."

도무탄은 어이없는 한숨이 절로 흘러나왔다. 그는 생각난 듯 물었다.

"그렇다면 고대부인은 몇 살에 혼인을 하오?"

"이십 세입니다."

"당금의 고대부인 남편감은 선발이 되었소?"

"그렇습니다."

도무탄은 부쩍 흥미가 일었다.

"촌수가 어떻게 되오?"

고보림은 착잡한 표정을 지었다.

"부계(父系) 쪽으로 사촌입니다."

적통은 삼백여 년 동안 외동딸만 낳았으니까 사촌은커녕 팔촌조차 있을 리가 없다.

고옥군이 이미 간택된 사촌과 혼인을 한다면 또다시 외동 딸을 낳을 확률이 십 중에서 십이다.

고보림은 갑자기 무릎을 꿇고 도무탄을 향해서 공손히 머리를 조아렸다.

"황송하옵게도 삼십육 대 태왕께선 기어코 후계자를 본가에 보내주셨습니다. 그러니 이제 태왕께서 고대부인과 혼인을 하신다면 정상적으로 후사(後嗣)를 보실 것으로 기대하고 있습니다."

"이것 보시오."

"태왕 폐하, 부디 통촉해 주십시오."

도무탄이 삼백여 년에 걸친 슬픈 역사의 전말을 듣지 못했다면 모르거니와 이미 들었으니 그로서는 입이 열 개라도 딱히 할 말이 없다.

"태왕께서 고대부인과 혼인을 하시어 회임(懷妊:임신)만 시키신다면 소인들로서는 더 이상 소원이 없습니다."

"음······."

"장차 태왕께서 본가를 이끌어주신다면 바랄 나위가 없겠으나, 고대부인을 회임시키신 이후에 본가를 버리신다고 해도 원망하지 않겠습니다."

앞으로의 일은 고옥군이 아들을 낳든 딸을 낳든 운명에 맡기겠다는 뜻이다.

도무탄은 더 이상 물러설 곳이 없음을 깨달았다. 장장 삼백이십이 년 동안 고연후를 기다리면서 그의 딸이 딸을 낳고, 그 딸이 또다시 딸을 낳는 쓰라린 역사를 지금껏 끝없이 반복해온 이들을 외면하기에는, 도무탄은 고연후에게 입은 은혜가 너무도 컸다.

　　　　　*　　　　*　　　　*

　도무탄은 자신이 사육당하고 있는 기분을 떨쳐 버리기가
어려웠다.

　고옥군과 혼인을 한 이후에 근 한 달이 다 되도록, 그가 한
일이라고는 그녀와 밤낮을 가리지 않고 죽어라 정사를 했다
는 사실이다.

　물론 고옥군을 임신시키기 위해서다. 지금의 그는 고옥군
의 자궁에 정액을 주입하는 씨내리에 다름이 아니다.

　정력이라면 음경에 검을 묶고서 휘두를 수도 있을 정도의
도무탄이다.

　그런 그가 정사라면 넌더리가 날 정도라면 지난 한 달 동안
도대체 얼마나 많은 그리고 심한 정사를 했는지 가히 짐작할
수 있을 터이다.

　그러나 그는 지금도 또 정사를 하고 있다. 일각 전에 정사
를 끝냈는데 일각 만에 다시 하고 있다니 그는 제정신이 아닌
게 분명하다.

　하지만 그럴 수밖에 없다. 한 달 동안이나 그와 정사를 나
눈 사이인데도 고옥군은 여전히 수줍어하고 본래의 푸른 하
늘 같은 기품을 추호도 잃지 않았다.

더구나 천상천하를 통틀어서 절대로 짝을 찾을 수 없을 만큼 아름다운 여체를 지닌 그녀인지라 도무탄은 몸이 비쩍비쩍 말라가고 쌍코피를 흘려가면서도 그녀에게 덤벼들 수밖에 없었다.

그는 이러다가 내가 죽고 말지, 라고 생각하면서도 무엇과도 바꿀 수 없는 행복에 빠져서 살았다.

*   *   *

도무탄이 소오대산에 들어간 지 석 달. 그리고 동방 솔빈마을 태왕가를 오고가며 머문 지 석 달. 그는 반년 만에야 다시 북경성에 돌왔다.

그리고 그의 앞에 놓인 천하는 더 이상 반년 전의 천하가 아니었다.

바야흐로 소림천하(小林天下)가 빠르게 진행되고 있었다.

『등룡기』 8권에 계속…

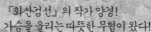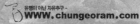

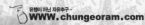

천산루

조도형 新무협 판타지 소설

『궁귀검신』, 『장강삼협』의 작가 조돈형
그가 그려내는 새로운 이야기!

무림삼비(武林三秘)
천외천(天外天), 산외산(山外山), 루외루(樓外樓).

일외출(一外出), 군림천하(君臨天下)!
이외출(二外出), 난세천하(亂世天下)!
삼외출(三外出), 혈풍천하(血風天下)!

가문의 숙원을 위해, 가문을 지키기 위해
진유검, 무림의 새로운 질서를 세우다!

Book Publishing CHUNGEORAM

유행이 아닌 자유추구 -
WWW.chungeoram.com

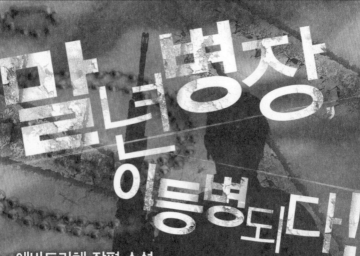

에바트리체 장편 소설

FUSION FANTASTIC STORY

대한민국 남자라면 알고 있을 바로 그 이야기!

『말년병장, 이등병 되다!』

전역을 코앞에 둔 말년병장, 이도훈.
꼬장의 신이라 불리던 그가 갑자기 훈련병이 되었다?!

"…이런 X같은 곳이 다 있나!"

전우애 넘치는 군인들의
좌충우돌 리얼 군대 이야기!

LORD

FANTASY FRONTIER SPIRIT

RAY SHADE

영주 레이샤드

한승현 판타지 장편소설

저주받은 영지 아베론의 영주 레이샤드.
열다섯 번째 생일날,
정체불명의 열쇠가 그의 운명을 바꾸었다!

『영주 레이샤드』

시험의 궁을 여는 자, 원하는 것을 얻으리니!
시련을 극복하고 새로운 땅의 주인이 되어라!

레이샤드의 일대기가 시작된다!

Book Publishing CHUNGEORAM

FANATICISM HUNTER

광신사냥꾼

류승현 판타지 장편 소설

FANTASY FRONTIER SPIRIT

『블레이드 마스터』의 류승현 작가가 펼쳐내는
판타지의 새로운 신화!

마도대전을 승리로 이끈 유리언 대륙의 영웅,
최강의 아크 메이지 제온!

그러나 '세상의 섭리'에 아내와 아이를 빼앗기는데……

『광신사냥꾼』

만약 그것이 정말로 세상의 섭리라면,
그마저도 무너뜨리고 말리라!

복수를 위한 제온의 위대한 여정이 시작된다!

Book Publishing CHUNGEORAM